GOETHE

Le Serpent Vert

Conte Symbolique traduit et commenté
par Oswald WIRTH
Préface d'Albert LANTOINE

ÉDITIONS DERVY
91, boulevard Saint-Germain
75006 PARIS

Oswald WIRTH

GŒTHE

PRÉFACE

Du *temps lointain où je débutais dans les Lettres par des études sur les Romantiques, j'ai gardé dans ma mémoire ce mot de Théophile Gautier sur Gérard de Nerval :*

« *Un des premiers il traduisit* Faust, *et le Jupiter de Weimar, lisant cette version qui est un chef-d'œuvre, dit que* jamais il ne s'était si bien compris. »

Pourquoi n'ai-je pas oublié cette phrase ? Parce que sa signification ne m'était pas apparue. Je la sentais lourde de sens, mais mes vingt ans ne savaient pas encore que la pensée d'un homme peut dépasser les limites de sa propre intelligence.

Que de fois entendons-nous dire avec ironie : « Ce critique qui analyse cette tragédie de Racine y découvre des beautés auxquelles le poète lui-même n'a peut-être pas songé. » C'est ne pas se rendre compte que la lettre ne limite pas l'esprit et oublier la vertu mysté-

rieuse de ce qu'on est convenu d'appeler l'Inspiration. Toute idée a des résonances multiples, et notre vision ne doit pas se borner à son décor.

Les commentateurs avisés d'un philosophe n'aident pas seulement le public à comprendre son idéologie, ils la lui révèlent à lui-même.

Voyez Gœthe! Je n'ai pas la prétention, même dans quelques mots, d'étudier son œuvre, ma tâche devant se borner à présenter au public l'éclaireur subtil de sa pensée. Mais, sans ce dernier, comment ne me perdrais-je pas dans cette œuvre si riche et si touffue, à laquelle se pourrait appliquer si justement ce vers d'Albert Samain :

C'est la forêt du Songe et de l'Enchantement.

Forêt pleine de lumière et d'ombre, mais d'une ombre qu'on sent aussi pleine de lumière, forêt où la clarté du paganisme grec se marie au symbolisme obscur des croyances germaniques, et où il semble que l'on voit parfois danser Vénus avec Titania.

Comment me reconnaîtrais-je par exemple

dans le conte que voici sans le fil d'Ariane que me tend complaisamment M. Oswald Wirth ?

*
* *

Gœthe-Wirth. Certes il ne sied pas de donner à l'alliance de ces deux noms un sens analogique qu'elle ne doit pas avoir. Mais j'imagine — comme une scène de Faust *— le blanc patriarche de Weimar penché sur le visage ascétique d'Oswald Wirth, et écoutant d'une oreille attentive l'ingénieuse interprétation de ses rêves. D'ailleurs les Allemands eux-mêmes ne s'étonneraient pas de ce rapprochement. Ils savent qu'il n'est pas actuellement de chercheur plus expert que M. Wirth dans l'étude des symboles. Il est le grand déchiffreur des hiéroglyphes, des nombres et des pantacles où des sages prudents ont jadis dissimulé aux Barbares les richesses de leur intelligence. Il dévoile aux prêtres qui l'ont oublié et aux francs-maçons qui ne l'ont jamais su le mystère inclus dans l'ésotérisme de leurs gestes.*

En France, Oswald Wirth compte aussi des admirateurs, mais chez nous toute réputation d'occultiste ne va pas sans inspirer quelque méfiance. Il y a eu — et il y a encore, hélas! — trop de charlatans qui ont prostitué le Grand Œuvre pour l'exploitation de misérables crédulités.

Mais M. Oswald Wirth, malgré les syllabes cabalistiques de son nom, est un sorcier moderne. Le tarot n'est pas un jeu de cartes biseautées dans les mains de ce grand honnête homme. Cette présentation paraîtra trop élogieuse — surtout à M. Wirth lui-même — au sujet de ce petit livre où il n'a pu donner toute la mesure de sa « divination ». Mais n'oublions pas que M. Wirth est l'auteur du Livre du Maître, *et je tiens à redire ici ce que j'écrivais de lui à propos de la publication de* son Symbolisme hermétique :

C'est l'élévation de son âme qui fait son intelligence lucide. Pour voir clair en autrui il faut être soi-même débarrassé de toute souillure morale. La clairvoyance de Ceux que la gratitude populaire a sanctifiés n'avait pas d'autre source que la pureté de leur existence. Emerson — ce croyant qui s'est approché du panthéisme de Gœthe avec une inquiétude éblouie — devine Wirth lorsqu'il écrit :

« Tout esprit qui ne veut pas se mentir, à force de droiture... peut résoudre toutes les difficultés comme le soleil d'été fond les nues. »

Wirth est possédé comme son maître de la « sympathie universelle ». Moi qui suis au fond un misanthrope qui souffre de la laideur humaine, j'admire avec humilité cet homme qui s'en accommode. Il n'en souffre pas, lui, parce qu'il la domine. Il regarde les erreurs sans s'en indigner, uniquement préoccupé d'être le nautonier — le Passeur du conte — pour qui les écueils sont peut-être des jalons utiles pour aborder à la vérité. Il sait que les maux participent à l'enchaînement des choses, des êtres et des événements, et que ce sont les pauvres petites lueurs éparses qui finissent par produire une grande lumière.

Ce spiritualiste qui accomplit des miracles ne fait pas sourire mon scepticisme impénitent. Toute beauté soit physique soit morale m'emplit d'une émotion sacrée. Et tel le mécréant qui instinctivement se découvre dans un temple où des consciences égarées sont venues chercher asile, je salue ce songeur qui, quoique ou parce que détaché de toute religion dogmatique, est le plus religieux des hommes.

∴

Lisez ce conte. Sans la traîne lumineuse du Serpent vert et sans la Lampe du vieillard, je suivrais les Feux Follets ou je m'égarerais dans la féconde obscurité du Fleuve et du Jardin magique.

Sans Oswald Wirth je marcherais comme un aveugle derrière l'imagination de Gœthe.

Aussi paradoxale que puisse paraître cette affirmation, je dis que le disciple est aussi utile que le Maître. Jean complète Jésus. Le rêve inaccessible de l'un, l'autre le fait descendre des nues parmi la terre. L'Inspiré doit à son interprète le respect qui s'attache à son Verbe.

C'est de la sagesse de son Prophète qu'est faite la grandeur d'un Dieu.

ALBERT LANTOINE.

AVANT-PROPOS

DANS l'œuvre d'un penseur aussi prodigieux que Gœthe rien ne saurait être insignifiant. Tout n'y est cependant pas d'un égal attrait littéraire. Le poète semble avoir été préoccupé de ne rien laisser perdre et de conserver à la postérité ses vues sur les sujets les plus variés; ainsi naquirent des recueils dénués de cette unité si chère à notre esthétique gréco-latine. *Les Années de voyage de Wilhelm Meister* rentrent dans cette catégorie, de même que les *Entretiens d'émigrés allemands*, qui, rédigés en 1795, prennent leur point de départ dans les événements de l'époque, puis fournissent à Gœthe l'occasion d'attribuer aux interlocuteurs qu'il met en scène des récits de faits étranges rentrant dans le domaine du psychisme.

Mais en guise de couronnement et comme pour remercier le lecteur de ne pas s'être laissé rebuter, le grand artiste a voulu lui offrir un joyau rare, qui n'a son pendant dans aucune littérature.

Il s'agit d'un conte merveilleux à tous les points de vue, qui n'a pu être conçu que sous l'influence de ce somnambulisme spécial, auquel Gœthe attribuait lui-même la production de ses plus purs chefs-d'œuvre. Tandis qu'il formait ses phrases d'après les images qui se présentaient devant son esprit, l'écrivain ne s'attardait certes pas à se demander le sens des symboles qu'il avait mission de fixer. Peintre, il ne songeait qu'à extérioriser sa vision intérieure en la rendant fidèlement, sans la troubler par la recherche intempestive d'un ésotérisme profond.

La divination du sens caché des œuvres d'art ne rentre pas, en effet, dans les attributions normales de l'artiste. Il faut que celui-ci soit doublé d'un philosophe, d'un abstracteur de quintessence, pour que, *a posteriori,* il puisse discerner toute la portée des symboles dont il s'est servi. Nul mieux que Gœthe n'a pu bénéficier de cette double personnalité; mais le génie créateur l'emportait franchement chez lui sur l'intuition spéculative, qui ne prit sa revanche que dans l'extrême vieillesse. Il nous a laissé des énigmes splendides, qui s'imposent à notre admiration, mais dont le mot ne nous a pas été livré. Gœthe avait-il la pudeur de sa pensée intime ? Croyait-il devoir laisser énigmatique ce qu'il lui répugnait d'expliquer ? Toujours est-il qu'il est constamment resté muet quant à l'ésotérisme de ses œuvres à sens voilé. Le symbole ouvre une fenêtre sur l'infini. La pensée n'arrive jamais à en saisir toute la portée. Gœthe, très certainement, s'en rendait compte, d'où son ironie à l'endroit des tentatives d'interprétation de son symbolisme.

Je n'ai pas la prétention de révéler tout ce que Gœthe a voulu taire ; mais, comme à tant d'autres, le génial poète m'a donné énormément à réfléchir. *Faust* et *Wilhelm Meister* avaient surtout fourni matière à mes efforts d'exégèse ; mais, jusqu'à ces dernières années, j'ignorais le conte symbolique du *Serpent Vert*.

Le texte m'en fut communiqué, fin 1908, par le Dr Carl Lauer, qui avait lu dans l'*Acacia* mon étude intitulée : *Un Symbolisme inquiétant*[1]. M'attribuant un don particulier

(1) Cette étude a été reproduite dans *Le Symbolisme hermétique*, pages 49 à 73 (édition 1969 - Dervy-Livres).

pour le déchiffrement des énigmes, ce savant occultiste voulut bien m'adresser l'*Illustrirte Zeitung* du 4 décembre 1902, où j'ai pu lire le conte le plus fascinant que je connaisse.

Le symbolisme en est complexe et je n'ai pu l'interpréter, de prime abord, que dans ses grandes lignes. Puis, j'ai longuement médité, me demandant le sens des détails, en m'aidant d'une très remarquable dissertation du professeur Dr August Wolfstieg, de Berlin, parue dans le numéro de janvier 1912 des *Monatshefte der Comenius-Gesellschaft für Kultur und Geistesleben*.

Cet auteur nous montre Gœthe se promenant un soir le long de la Saale, aux environs d'Iéna, tandis que, sur la rive opposée, une dame vêtue de blanc faisait entendre les modulations de sa voix harmonieuse au milieu d'un groupe d'amis. Le crépuscule poétisait la scène; mais voici que surgissent deux étudiants, qui, riant aux éclats, se font traverser par un vieux passeur, dont la cabane s'élevait au bord de la rivière. Les étourdis s'amusent à faire vaciller la barque et plaisantent le nocher qui les exhorte au calme.

Tel serait le grain de réalité qui, tombé

dans l'imagination du poète, y aurait fait éclore le merveilleux récit que je me suis appliqué à traduire littéralement. Il ne fallait pas songer à en donner un résumé, car aucun détail n'y est oiseux : tout s'y tient, tout y a sa raison d'être et sa signification.

Le prince Constantin de Weimar s'évertua, nous dit-on, à démêler le sens mystique de ce conte, auquel Gœthe n'a donné aucun titre particulier, comme s'il avait entendu en faire son conte par excellence. Le fait est que la clef de tout un côté de la symbolique de Gœthe nous est très probablement fournie par ce fantastique récit qui réserve le rôle principal à certain Serpent Vert.

A ce titre, l'essai d'interprétation que j'en ai risqué trouvera grâce, j'espère, aux yeux des amateurs de vérités cachées, non moins que ma traduction, littérairement si indigne de l'original sorti de la plume du plus admirable écrivain des temps modernes [1].

Mars 1922. O. W.

(1) Une traduction de ce conte avait paru dès 1910, dans le tome VII, pages 423 et suivantes, des *Œuvres de Gœthe*, traduites par Jacques Porchat et publiées par la Librairie Hachette.

INTRODUCTION

GRACE à M. Theodor Friedrich, auteur d'une savante étude sur les contes de Gœthe (1), je puis ajouter quelques précisions concernant la genèse du « Serpent Vert ».

Il ressort de la correspondance échangée, en 1795, entre Gœthe et Schiller, que l'auteur du *Märchen* entendait composer un conte conforme à l'esthétique littéraire du genre. Or, Gœthe estimait qu'un récit fantastique ne doit viser qu'à distraire agréablement le lecteur, en lui ménageant des surprises, sans lui proposer de torturantes énigmes. Fidèle à cette conception d'un conte dépourvu d'esotérisme, Gœthe se mit au travail en s'abandonnant à sa fantaisie, s'amusant des images qui lui venaient et ne songeant qu'à les coordonner en récit captivant. Ne s'étant

(1) *Gœthes Märchen*. Mit einer Einführung und einer Stoffsammlung zur Geschichte und Nachgeschichte des « Märchens ». Leipzig, Reclams Universal Bibliothek.

préoccupé de symboliser quoi que ce soit, comment le poète ne se serait-il pas diverti des interprétations subtiles suggérées par ses prétendues arrière-pensées ? Il avait systématiquement fait abstraction de tout hermétisme, et voilà les imaginations en délire d'exégèse !

Philosophe rationaliste, Gœthe sourit ; il répond avec politesse, mais non sans ironie, aux enthousiastes félicitations du prince Auguste de Gotha, pour qui le *Märchen* dissimule une puissante Apocalypse. Gœthe déclare n'avoir pas songé à prophétiser et encore moins à refléter ses contemporains dans la lourdeur d'un géant ou la vulgarité de têtes de choux. « Votre Altesse en jugera par ma propre interprétation, que je ne compte publier qu'après 99 prédécesseurs, car, en pareil cas, ce n'est jamais que le dernier interprète qui capte l'attention. » (Lettre du 21 décembre 1795.)

S'entretenant plus tard avec Riemer (21 mars 1809), Gœthe prit texte des interprétations de l'Apocalypse, alors appliquées à Napoléon, pour attribuer une élasticité analogue au *Märchen*, interprété par Schubert en un sens et en des sens très différents par d'autres exégètes : « Chacun y devine quelque chose, mais nul ne parvient à discerner au juste ce dont il s'agit. »

Notons encore l'intention dont Gœthe fit part à W. de Humboldt, le 27 mai 1796, de composer un conte, cette fois entièrement allégorique « d'où ne pourrait résulter qu'une œuvre d'art de valeur inférieure, si je n'avais l'espoir de distraire à chaque instant de l'allégorie par la vivacité de la représentation ».

Ce conte à ésotérisme prémédité n'a jamais vu le jour. Gœthe préféra mettre au point, en 1807, *La Nouvelle Mélusine* et en 1811 *Le Nouveau Pâris*, contes de jeunesse, à thèmes sans prétention, qui n'ont tracassé aucun exégète. Ce sont des récits divertissants, mais qui ne donnent pas à réfléchir.

Le *Märchen*, au contraire, fascine le penseur. C'est une énigme réelle, dont Gœthe lui-même, de son propre aveu, ne possédait pas le mot, et que je ne puis avoir la prétention d'avoir deviné, en dépit du talent que veut bien m'attribuer Albert Lantoine. J'ai fait de mon mieux, comme Charlotte von Kalb, l'épouse de Schiller, et, à sa suite, les interprètes successifs, qui ont publié leurs commentaires sur le *Märchen*. Nous étions déjà plus de trente en 1923, selon M. Theodor Friedrich, mais aucun de nous n'a pénétré l'impénétrable mystère, qui est celui de la nature humaine.

Les personnages du conte sont les acteurs du drame de la vie; ils jouent, sous d'autres déguisements, dans tous les poèmes de profonde inspiration. Les créateurs de mythes ont su les évoquer et ils se sont révélés aux artistes qui ont tracé des images significatives comme celles du Tarot.

Dans le *Märchen,* c'est la vie actuelle, journalière, qui gonfle les eaux du *Fleuve,* dont les rives figurent le passé accompli et l'avenir projeté, rêvé. D'une rame experte, le *Passeur* maîtrise l'actualité; sa barque est celle d'une foi fixe qui résiste aux opinions mouvantes. Lueurs capricieuses, les *Feux-Follets* lèchent l'or superficiel du vrai, qu'ils sèment condensé en monnaie. Ce sont les beaux esprits bavards qui apparaissent dans la nuit de l'intelligence, pour répandre des notions subtiles, suggestives, bien que dénuées de profondeur. Fortuitement mis en goût d'alimentation lumineuse, le *Serpent* recherche l'instruction auprès des philosophes frivoles et s'éclaire intérieurement ; il digère l'or et devient lumineux à la façon des vers luisants. Sa phosphorescence lui permet de reconnaître les *Rois* de la crypte sacrée, où il précède le *Vieux à la Lampe*, dont la sagesse projette dans les ténèbres atténuées une clarté sans ombre.

Sans aller plus loin, est-il admissible que de pareilles fantaisies soient vides de sens ? Si, en écrivant, Gœthe était préoccupé de bonne littérature et non de mystères, il ne put échapper aux combinaisons secrètes de son génie poétique. Toute personnalité se complique d'états inconscients, surtout celle des grands imaginatifs, dont l'imagination peut travailler à l'écart du raisonnement délibéré. Rien ne le prouve mieux que le cas du *Märchen*.

Gœthe a voulu rédiger un conte modèle, typique du genre. Il y a réussi au delà de son esthétique trop étroite. Acceptant ce qui lui venait à l'esprit, il est devenu le *médium* de son imagination géniale. Celle-ci conçoit et coordonne ce qui se rêve à l'insu de la prosaïque raison discourante. Le phénomène d'inspiration s'explique par l'action sur l'entendement réceptif d'une pensée vivante, accumulée et organisée d'elle-même dans l'ambiance du sujet. Notre cerveau n'est sensible qu'à une faible partie de l'idéation qui gravite autour de nous. A l'artiste qui cherche le beau, le vrai peut venir par surcroît. N'hésitons pas à chercher dans le conte énigmatique de Gœthe la vérité profonde, inexprimée, qui hantait l'esprit du prodigieux poète, dont la voyance fut du meilleur aloi.

Mai 1935.

TRADUCTION

DU

MÄRCHEN

CONTE SYMBOLIQUE

DIT DU

SERPENT VERT

SUR la berge du large Fleuve, qu'une forte pluie avait enflé et fait déborder, se dressait une cabane, où, accablé par la fatigue du jour, le vieux passeur dormait profondément. Au milieu de la nuit, il fut réveillé par des appels, et, comprenant que des voyageurs demandaient à passer l'eau, il se hâta de sortir.

Au-dessus de sa barque attachée au rivage, il vit alors flamboyer deux grands Feux Follets. Vite, vite, clamèrent-ils, nous sommes très pressés et contrariés de ne pas nous trouver déjà sur l'autre rive. — Sans perdre de temps, le vieillard se hâta de démarrer, puis dirigea sa barque à travers le courant avec toute l'adresse qui lui était coutumière. Dans une langue inconnue, ses passagers échangeaient des sifflements avec une extrême volubilité, tout en éclatant de rire, par intervalles, sans arrêter de sauter çà et là, tantôt sur les bords et les bancs, tantôt sur le fond de la nacelle.

— La barque vacille ! cria le vieillard, et si

vous vous agitez ainsi vous allez nous faire chavirer ! Allons, asseyez-vous, Lumières !

A cette recommandation, ils pouffèrent de rire, se moquèrent du vieillard et s'agitèrent plus encore qu'auparavant. Le vieux batelier supporta patiemment leurs impertinences et ne tarda pas à toucher terre.

— Voilà pour votre peine ! s'écrièrent alors les voyageurs, et, tout en se secouant, ils firent tomber dans la barque humide bon nombre de brillantes pièces d'or.

— Au nom du ciel, que faites-vous là ? gémit alors le vieillard. Vous avez donc juré ma perte ! Si une seule pièce d'or était tombée dans l'eau, le Fleuve, qui ne peut souffrir ce métal, se serait soulevé en masses énormes pour m'engloutir avec ma barque. Quant à vous, je me demande ce qui vous serait advenu. Reprenez votre or !

— Nous ne pouvons reprendre ce que nous avons semé en nous trémoussant.

— Alors, vous m'infligez la corvée de ramasser votre or pour aller l'enfouir dans le sol, répartit le vieux, tout en se courbant et en recueillant les pièces brillantes une à une dans son bonnet.

Les Feux Follets venaient de sauter sur le rivage, lorsque le vieux leur cria : « Et mon péage ? »

— Qui refuse l'or n'a qu'à travailler gratuitement, répondirent les Feux Follets.

— Sachez qu'on ne peut me payer qu'en fruits de la terre !

— Les fruits de la terre ? Nous les dédaignons et n'y avons jamais goûté.

— Tant pis, car je ne puis vous lâcher tant que vous n'aurez pas promis de me livrer trois choux, trois artichauts et trois gros oignons.

Les Feux Follets tentèrent de s'esquiver en badinant, mais ils se sentirent retenus au sol d'une manière incompréhensible. Jamais ils n'avaient éprouvé aussi désagréable sensation. Ils promirent de satisfaire très prochainement aux exigences du passeur, qui leur rendit la liberté, puis repoussa sa barque à flot. Il était loin déjà, lorsque les Feux Follets se mirent à le rappeler : « Eh vieux ! Ecoutez-nous ! Ecoutez-nous, vieux ! Nous avons oublié le plus important ! »

Mais il était trop éloigné pour les entendre. Il venait de se laisser entraîner le long de la rive, en vue d'atteindre une région montagneuse où il pourrait enfouir l'or périlleux en un lieu que l'eau ne risquait jamais d'atteindre. Il trouva entre de hauts rochers une énorme crevasse où il déversa le précieux métal, puis, satisfait, il vogua vers sa cabane.

Cette crevasse abritait une belle Couleuvre verte, qui fut tirée de son sommeil par le tintement de l'or heurtant le roc. A peine eut-elle aperçu les disques lumineux, qu'elle se précipita sur eux pour les dévorer gloutonnement, en recherchant avec soin toutes les pièces qui s'étaient éparpillées entre les broussailles et les fentes du rocher.

Dès que l'or fut englouti, il procura au Serpent une sensation délicieuse en se dissolvant dans ses entrailles, pour se répandre ensuite dans tout son corps. A son immense joie, la Couleuvre constata qu'elle était devenue transparente et lumineuse. De longue date, on lui avait annoncé que ce phénomène était possible, mais il lui restait des doutes quant à sa durée. La curiosité, non moins que le désir de s'assurer pour l'avenir la possession de la lumière, poussèrent donc la Couleuvre à quitter la crevasse afin de rechercher qui pouvait avoir répandu cet or admirable. Elle ne trouva personne, mais n'en prit que plus de plaisir à s'émerveiller de l'agréable lumière qu'elle répandait sur la fraîche verdure, au fur et à mesure qu'elle se glissait entre les herbes et les buissons. Toutes les feuilles brillaient comme des émeraudes, toutes les fleurs apparaissaient transfigurées de la manière la plus ravissante. Elle explora vainement la solitude sauvage ; mais elle reprit espoir en arrivant sur un plateau, d'où elle aperçut dans le lointain une lueur analogue à la sienne.

— Voilà donc enfin mon semblable ! s'écria-t-elle en s'élançant dans la direction reconnue. Le désagrément de se frayer passage à travers marais et roseaux n'arrêta pas son élan. Sans doute, ses préférences allaient à la sécheresse des prairies élevées et aux escarpements des rochers, où elle aimait à se nourrir de plantes aromatiques, tout en s'abreuvant de rosée tendre ou d'une limpide eau de source ; mais, pour l'amour de l'or délicieux et dans l'espoir de se saturer d'une adorable lumière, elle était prête à se soumettre à tout ce qui serait exigé d'elle.

Très fatiguée, la Couleuvre atteignit finalement une prairie marécageuse, où les deux Feux Follets prenaient leurs ébats. Elle se précipita vers eux, les salua, en se réjouissant de rencontrer d'aussi agréables seigneurs de sa parenté. Eux, se mirent à la frôler, à gambader au-dessus d'elle et à rire selon leur coutume.

— Chère tante, lui dirent-ils, bien que vous soyez de la ligne horizontale, la chose importe peu. Assurément nous ne sommes apparentés que du côté de la clarté, car, constatez à quel point nous habille une svelte longueur, nous autres seigneurs de la ligne verticale !

A ces mots, les deux flammes, sacrifiant toute largeur, s'étirèrent en fuseaux longs et pointus au possible.

— Ne le prenez pas en mauvaise part, chère amie ; mais quelle famille pourrait se targuer de nos avantages. Depuis que les Feux Follets existent, aucun ne s'est jamais assis, ni couché.

La Couleuvre se sentit très mal à son aise en présence de semblables parents. Elle avait beau dresser la tête de toutes ses forces, elle n'ignorait pas qu'elle serait obligée de la courber vers la terre dès qu'elle aurait à se déplacer. Si, précédemment, elle s'était extraordinairement plue dans le sombre bocage, il lui semblait maintenant qu'elle perdait de sa phosphorescence auprès de ses cousins, et elle craignait même de la voir disparaître entièrement.

Dans son anxiété, elle s'enquit précipitamment auprès des brillants seigneurs de la provenance de l'or, récemment tombé dans la crevasse du rocher. Elle supposait que cette pluie de métal avait ruisselé directement du ciel.

Pour toute réponse, les Feux Follets se contentèrent de rire et de se secouer, en semant autour d'eux des pièces d'or à profusion.

La Couleuvre se jeta rapidement sur elles pour les avaler.

— Bon appétit, dirent aimablement ces messieurs, faites honneur au menu, nous avons de quoi vous régaler.

Ils continuèrent à se trémousser avec une grande agilité, si bien que la Couleuvre n'arrivait plus à ingurgiter assez vite la nourriture précieuse. Cette fois, elle devint de plus en plus lumineuse, au point d'en arriver à éclairer d'une manière vraiment féérique, alors que les Feux Follets s'étaient notablement amincis et rapetissés, sans rien perdre cependant de leur joyeuse humeur.

— Je vous en suis à jamais reconnaissante, articula la Couleuvre, dès qu'à la suite de ce repas il lui fut possible de reprendre haleine. Exigez de moi ce que vous voulez : tout ce qui est en mon pouvoir, je le ferai pour vous.

— Parfait ! s'écrièrent les Feux Follets ; dis-nous où demeure la belle Lilia. Conduis-nous aussi vite que possible au palais et au jardin de la belle Lilia : nous mourons d'impatience de nous jeter à ses pieds.

— Je ne puis, hélas, vous rendre immédiatement ce service, répliqua la Couleuvre avec un profond soupir. La belle Lilia habite malheureusement de l'autre côté de l'eau.

— L'autre côté de l'eau ! Nous qui venons de nous faire traverser par cette nuit orageuse ! Combien cruel est le fleuve qui nous sépare ! N'y aurait-il pas possibilité de rappeler le vieux passeur ?

— Ce serait peine perdue, reprit la Couleuvre ; car, même si vous le rencontriez sur cette rive, il ne vous embarquerait pas. Il peut passer n'importe qui de ce côté, mais il lui est interdit de ramener en sens inverse.

— Nous voilà dans de beaux draps ! N'y a-t-il pas un autre moyen de traverser l'eau ?

— J'en connais deux, mais ils ne sont pas utilisables en ce moment. Moi-même, je puis traverser ces messieurs, mais uniquement en plein midi.

— C'est une heure à laquelle nous n'aimons guère voyager.

— Alors, vous pouvez vous faire transporter le soir par l'ombre du Géant.

— Comment faut-il s'y prendre.

— L'énorme Géant, qui ne demeure pas loin d'ici, n'a corporellement pas la moindre force. Ses mains ne soulèveraient pas un fétu de paille, ses épaules ne supporteraient pas un fagot ; mais son ombre peut beaucoup, sinon tout. C'est pourquoi il possède son maximum de puissance au lever et au coucher du soleil ; aussi suffit-il, le soir, de se placer sur la nuque de son ombre : le Géant n'a plus, alors, qu'à marcher paisiblement vers la rive pour que son ombre transporte le voyageur par-dessus l'eau. Mais si, vers midi, vous voulez bien vous trouver sur la lisière du bois dont les taillis touchent au Fleuve, je me charge de vous traverser et de vous présenter à la belle Lilia. Si cependant vous redoutez trop la chaleur du jour, adressez-vous au Géant. Vous le rencontrerez vers le soir, aux abords de la crique rocheuse voisine; il ne manquera pas de se montrer fort complaisant.

Après s'être gracieusement inclinés, les deux aimables jouvenceaux prirent congé et s'éloignèrent. La Couleuvre ne fut pas fâchée de les voir partir, car il lui tardait de se complaire dans sa propre lumière; puis elle avait à satisfaire une curiosité qui depuis longtemps la tourmentait singulièrement

A force de se glisser dans les interstices des rochers, il lui était arrivé de faire une découverte étrange; car bien que rampant sans lumière dans ces profondeurs, elle n'en savait pas moins distinguer au contact les différents objets. Elle était habituée à ne rencontrer que des produits naturels de forme irrégulière. C'est ainsi qu'elle glissait parfois entre les saillies de grands cristaux; des crochets ou des filaments d'argent natif frôlés au passage lui procuraient également une sensation particulière; enfin, plus d'une pierre précieuse, trouvée sur son trajet, avait dû à la Couleuvre d'être jetée à la lumière du jour. Mais, à son immense surprise, l'investigatrice rampante avait reconnu, enfermés dans l'intérieur d'un rocher, des objets dont la forme trahissait une intervention humaine. Il y avait là des parois lisses ne lui offrant aucune prise pour grimper, des arêtes nettes et régulières, des colonnes bien formées, et, ce qui lui parut plus extraordinaire que tout le reste, des statues de personnages humains, composées d'airain ou de marbre très soigneusement poli, à en juger par ce qu'elle sentait en s'enroulant autour. Aussi éprouvait-elle le besoin de synthétiser par la vue toutes ces sensations tactiles, afin de contrôler ses suppositions. Se croyant désormais capable d'éclairer par sa propre lumière cette crypte merveilleuse, elle espérait pouvoir se rendre compte d'emblée de tous les objets étranges qu'elle renfermait. Elle fit donc diligence, et, habituée au trajet, elle ne tarda pas à gagner la fissure par où elle avait coutume de se faufiler dans le sanctuaire.

Dès qu'elle y eût pénétré, sa curiosité poussée à l'extrême lui fit jeter un regard circulaire sur la rotonde, que l'éclat qu'elle projetait ne parvenait pas à éclairer complètement. Les objets les plus rapprochés devinrent cependant discernables avec une suffisante netteté. Saisie d'étonnement et de respect, elle vit se dresser devant elle, dans une niche brillante, une statue d'or pur, représentant un roi vénérable. Bien que dépassant les dimensions naturelles, les proportions de cette figure dénotaient un personnage plutôt petit que grand. Son corps harmonieusement formé se drapait dans un manteau simple et sa chevelure était retenue par une couronne de chêne.

A peine la Couleuvre eut-elle contemplé la majestueuse statue que le roi se mit à parler.

— D'où viens-tu ? demanda-t-il.

— Des crevasses où réside l'or, répliqua la Couleuvre.

— Qu'y a-t-il de plus splendide que l'or ? poursuivit le roi.

— La lumière ! répondit la Couleuvre.

— Qu'y a-t-il de plus réconfortant que la lumière ? interrogea encore le roi.

— La parole ! lui fut-il répondu.

Pendant ce dialogue, la Couleuvre avait jeté un regard de côté et découvert ainsi une autre statue magnifique. Une niche contiguë abritait un roi d'argent, de haute taille, mais de forme plutôt fluette. Il était assis ; son costume portait une riche ornementation, rehaussée encore par les pierres précieuses dont étincelaient sa couronne, sa ceinture et son sceptre. Son visage respirait une altière sérénité. Le personnage semblait vouloir prendre la parole, lorsque, dans le marbre de la paroi, une veinure jusqu'ici foncée s'éclaira subitement, au point de répandre une agréable lumière dans tout le sanctuaire. Cette clarté rendit visible un troisième roi, qui, dans sa puissante masse d'airain, ressemblait moins à un homme qu'à un rocher. Pesamment appuyé sur sa massue, il trônait comme écrasé sous sa couronne de lauriers. La Couleuvre aurait voulu s'enquérir aussi d'un quatrième roi, plus éloigné d'elle que les autres ; mais, à ce moment, la roche s'ouvrit à l'endroit de la veine lumineuse, qui lança un éclair fulgurant, puis disparut.

L'attention du Serpent fut alors accaparée

par l'homme qui venait de sortir de l'épaisseur du rocher. De taille moyenne, il était vêtu comme un paysan et tenait à la main une petite lampe à flamme si paisible, que le regard aimait à s'y reposer. Il s'en dégageait une clarté merveilleuse qui éclairait toute la crypte sans porter aucune ombre.

— Pourquoi viens-tu, puisque nous avons de la lumière ? demanda le roi d'or.

— Vous savez que je ne dois pas éclairer les ténèbres.

— Mon règne prend-il fin ? questionna le roi d'argent.

— Cela n'arrivera que tardivement ou jamais, répondit le Vieux.

D'une voix forte, le roi d'airain se mit à interroger :

— Quand me lèverai-je ?

— Bientôt.

— Avec qui dois-je m'allier ?

— Avec tes frères aînés.

— Que deviendra le plus jeune ?

— Il s'assiera.

— Je ne suis pas fatigué, protesta le quatrième roi d'une voix rauque et balbutiante.

Tandis que ces paroles s'échangeaient, la

Couleuvre avait discrètement fait le tour du sanctuaire, examinant tout, puis elle s'était approchée du quatrième roi. Debout contre une colonne, il apparaissait dans sa corpulence plus lourd que beau. Le métal dont il était composé ne se discernait guère à première vue. Un examen minutieux permettait cependant de reconnaître en sa substance un mélange des trois métaux dont ses frères étaient formés. Mais, lors du moulage, ces matières n'avaient pas fusionné, si bien que des veines d'or et d'argent parcouraient irrégulièrement la masse d'airain, en donnant à l'ensemble un aspect désagréable.

S'adressant à l'homme, le roi d'or questionna de nouveau :

— Combien connais-tu de secrets ?

— Trois.

— Lequel est le plus important ? voulut savoir le roi d'argent.

— Celui qui est révélé.

— Nous en feras-tu part à notre tour ? demanda le roi d'airain.

— Dès que je saurai le quatrième secret, répondit le Vieux.

— Que m'importe tout cela ! grommela par devers lui le roi composite.

— Je connais le quatrième secret, dit alors le Serpent, en s'approchant du Vieux et en lui sifflant quelque chose à l'oreille.

— Les temps sont révolus ! cria le Vieux d'une voix formidable, qui fit retentir le sanctuaire et résonner les statues métalliques. Puis, simultanément, le Vieux s'enfonça vers l'Occident et le Serpent vers l'Orient, tous deux passant avec une grande vitesse à travers les interstices du roc.

Tous les couloirs que parcourut le Vieux furent comblés d'or immédiatement après son passage, car sa lampe possédait le pouvoir magique de transformer toute roche en or, tout bois en argent et les animaux morts en pierres précieuses ; par contre, elle anéantissait tous les métaux. Mais, pour exercer cette action, la lampe devait être seule à répandre sa lumière. Si une autre clarté se combinait avec la sienne, elle se bornait à émettre une belle lumière claire, réconfortante pour tout être vivant.

En pénétrant dans sa demeure, qui s'appuyait au versant de la montagne, le Vieux trouva sa femme en proie à la désolation. Assise près du foyer, elle pleurait, accablée.

— Que je suis malheureuse ! s'écria-t-elle, et dire que je ne voulais pas te laisser partir en ce jour fatidique !

— Qu'y a-t-il donc ? demanda le Vieux fort tranquillement.

— A peine étais-tu sorti, répondit-elle en sanglotant, que deux voyageurs turbulents se présentèrent à la porte. J'eus l'imprudence de les laisser entrer. Ils m'avaient fait l'effet de gens courtois et convenables ; ils étaient revêtus de flammes légères, si bien qu'on aurait pu les prendre pour des Feux Follets. A peine eurent-ils pénétré dans la maison qu'ils se mirent à me complimenter d'une manière si effrontée, et à se montrer si importuns que j'en ai honte rien que d'y penser.

— Ces messieurs assurément, ont voulu badiner, répartit en souriant le mari, car, étant donné ton âge, il ont dû rester dans les limites de la politesse courante.

— Mon âge ! mon âge ! cria la femme. Faut-il toujours que j'entende parler de mon âge ? Quel âge ai-je donc ? Politesse courante ! Je sais ce que je sais. Mais regarde autour de toi. Que dis-tu de ces murs où la pierre nue apparaît, alors que depuis cent ans je ne l'avais plus vue ? Tout l'or a été léché par ces messieurs, et tu ne saurais imaginer avec quelle agilité ! Ils prétendaient même lui trouver bien meilleur goût qu'à l'or vulgaire. Dès qu'ils eurent achevé de dépouiller les murs, ils se montrèrent singulièrement ragaillardis, en très peu de temps, ils étaient devenus manifestement beaucoup plus grands, plus larges et plus brillants. Du coup, ils reprirent leurs espiègleries et me cajolèrent à nouveau, en m'appelant leur reine. Puis, en se secouant, ils firent tomber autour d'eux quantité de pièces d'or. Tu vois, il en reste encore sous ce banc, où elles se détachent lumineuses de l'obscurité. Mais, quel malheur ! notre chien en dévora quelques-unes, et, comme tu le vois, il en est mort. Pauvre bête ! Je ne puis m'en consoler. Je ne m'en suis aperçue qu'après le départ des visiteurs, sans quoi je n'aurais pas promis d'acquitter leur dette auprès du passeur.

— Que lui doivent-ils ? demanda le Vieux.

— Trois choux, trois artichauts et trois

oignons, répondit la femme ; j'ai promis, dès qu'il ferait jour, de porter ces légumes au Fleuve.

— Tu peux avoir pour eux cette complaisance, car, à l'occasion, ils nous rendront service.

— J'ignore si, réellement, ils nous seront jamais utiles, mais en tous cas, ils n'ont ménagé à ce sujet ni promesses, ni assurances.

Dans l'intervalle, le feu de la cheminée avait cessé de flamber ; ce n'était plus qu'un amas de braises ardentes, que le Vieux recouvrit d'une épaisse couche de cendres. Il fit disparaître ensuite les pièces d'or lumineuses, afin que sa petite lampe fût seule à répandre sa douce clarté. Aussitôt les murs se couvrirent d'or et le chien fut transmué en un bloc d'onyx d'une rare beauté. Le brun et le noir alternaient dans les nuances de la précieuse gemme ; cette métamorphose produisit un objet d'art incomparable.

— Prends ta corbeille, dit alors le Vieux ; mets-y l'onyx, dispose ensuite autour de celui-ci les trois choux, les trois artichauts et les trois oignons, puis porte le tout au Fleuve.

Vers midi, fais-toi traverser par le Serpent et rends-toi auprès de la belle Lilia. Présente-lui l'onyx, afin qu'en le touchant elle lui rende la vie, de même que, par son contact, elle tue tout ce qui est vivant. Un compagnon fidèle lui sera ainsi acquis. Engage-la à ne pas se lamenter, sa libération étant proche ; annonce-lui qu'elle doit envisager la pire des infortunes comme le plus grand bonheur, car les temps sont accomplis.

La Vieille ayant tout disposé dans sa corbeille, s'en chargea dès qu'il fit jour et se mit en route. Le soleil levant dardait ses rayons par-dessus le Fleuve qui brillait dans le lointain. La femme avançait d'un pas lent, car la corbeille lui pesait sur la tête, non cependant en raison du poids de l'onyx. Tout ce qui était mort ne lui constituait, en effet, aucune charge ; les objets inanimés soulevaient même la corbeille qui les contenait au point de la faire planer au-dessus de la tête de la porteuse. Mais celle-ci sentait peser lourdement des légumes frais ou le moindre petit animal vivant. Elle avançait en rechignant lorsque, tout à coup, elle s'arrêta effrayée, au moment où elle allait poser le pied sur l'ombre du Géant, laquelle s'allongeait à travers la plaine jusqu'au lieu qu'elle venait d'atteindre. En même temps, elle vit sortir du Fleuve le formidable personnage qui venait de s'y baigner. Elle restait perplexe, ne sachant comment éviter cette rencontre. Dès que le Géant eut aperçu la Vieille, il la salua en plaisantant. tandis que les mains de son ombre plongeaient dans le panier. Elles eurent vite fait d'en extraire un chou, un artichaut et un oignon, légumes qu'elles portèrent à la bouche du Géant. Celui-ci poursuivit alors sa route, en remontant le long du Fleuve, ce qui laissa la Vieille libre de reprendre sa marche.

Tout en se demandant si elle ne ferait pas mieux de retourner sur ses pas, pour aller quérir dans son potager les légumes manquants, elle ne cessa d'avancer et ne s'arrêta que parvenue au bord du Fleuve. S'y étant assise, elle attendit longtemps la venue du passeur, qu'elle vit enfin approcher en compagnie d'un singulier voyageur. C'était un jeune homme, noble et beau, qu'elle ne pouvait assez contempler.

— Qu'apportez-vous ? demanda le nautonier.

— Ce sont les légumes que vous doivent les Feux Follets, répondit la Vieille, en présentant ce qui lui restait.

Mais le Passeur se montra très chagriné de ne pas trouver son compte et déclara ne pouvoir accepter. La Vieille supplia, expliquant qu'il lui était impossible de retourner immédiatement chez elle, et que la charge lui devenait gênante pour la route qu'elle avait encore devant elle. Mais il persista dans son refus, assurant qu'il ne dépendait pas de lui d'en décider autrement.

— Pendant neuf heures, ce qui me revient doit rester réuni, et je ne puis rien m'approprier tant que je n'ai pas remis au Fleuve le tiers auquel il a droit.

Après bien des paroles échangées, le Passeur en vint finalement à dire :

— Il reste un moyen. Si vous consentez à vous engager envers le Fleuve en vous reconnaissant sa débitrice, je recevrai les six pièces ; mais cela expose à quelque risque.

— Mais, si je tiens parole, je ne dois courir aucun danger ?

— Pas le moindre. Plongez votre main

dans le Fleuve et promettez d'acquitter votre dette en vingt-quatre heures.

La Vieille s'exécuta; mais qu'elle fut sa terreur lorsqu'elle retira de l'eau une main devenue noire comme du charbon ! Elle s'en prit alors au Passeur avec violence, assurant que ses mains avaient toujours été ce qu'il y avait de mieux en sa personne, qu'elle avait toujours su les conserver blanches et délicates, en dépit d'un dur travail. Puis, examinant sa main, elle s'écria avec désespoir :

— Mais, que vois-je encore ? Ma main a diminué : elle est beaucoup plus petite que l'autre !

— Jusqu'ici, ce n'est qu'une apparence, répartit le Passeur; mais, si vous ne teniez pas parole, cela deviendrait une réalité. Votre main diminuerait alors peu à peu de volume, jusqu'à disparition complète, sans néanmoins que vous en perdiez l'usage. Vous vous en serviriez sans aucune gêne, mais personne ne la verrait plus.

— J'aimerais bien mieux ne pas pouvoir m'en servir, mais que nul ne s'en aperçoive, répondit la Vieille. Du reste, cela importe peu : je tiendrai parole, afin d'être rapidement délivrée de cette peau noire et de mon inquiétude.

Hâtivement elle reprit alors la corbeille qui, d'elle-même, s'éleva au-dessus de la tête de la porteuse, où elle se maintint librement, sans contact. Ne se sentant plus chargée, la Vieille put alors s'élancer sur les traces du beau jeune homme, qui, plongé dans ses réflexions, suivait nonchalamment la rive du Fleuve. Sa tournure charmante et son accoutrement avaient profondément impressionné l'alerte messagère.

Une cuirasse brillante protégeait son corps gracieux, sans entraver en rien la souplesse des mouvements. De ses épaules tombait un manteau de pourpre. Une chevelure brune et bouclée flottait autour de sa tête découverte. Son fin visage était exposé aux rayons du soleil, de même que ses pieds bien formés, dont la nudité foulait le sable brûlant, sans que le jeune homme se montrât sensible à la douleur physique, car une profonde peine morale semblait l'avoir distrait de toutes les impressions extérieures.

La Vieille s'efforça d'entrer en conversation ; mais, à toutes ses questions, elle n'obtint que des réponses si laconiques, qu'elle se lassa d'aborder vainement de nouveaux sujets d'entretien. Sans se laisser retenir davantage par les beaux yeux du jeune homme, elle finit par dire :

— Vous marchez trop lentement pour moi, Monsieur. Il ne faut pas que je manque le moment propice pour traverser le Fleuve grâce au Serpent Vert, afin d'apporter à la belle Lilia le splendide cadeau que lui envoie mon mari.

Ceci dit, elle hâta le pas ; mais, brusquement tiré de son apathie, le beau jeune homme ne se laissa pas devancer.

— Vous allez chez la belle Lilia ! s'écria-t-il, alors nous ferons route ensemble. Quel est donc ce cadeau que vous lui portez ?

— Après avoir éludé mes questions par des monosyllabes, vous êtes mal venu, Monsieur, à vous enquérir de mes secrets avec tant de vivacité, repartit la Vieille. Vous convient-il cependant de faire échange de bons procédés ? En bien, commencez par m'éclairer sur votre sort, et je ne vous cacherai rien de ce qui a trait à ma personne et à mon cadeau.

Un accord fut rapidement conclu. La femme s'expliqua sur sa condition et raconta l'histoire du chien, tout en exhibant la merveille qu'elle avait mission d'offrir en présent.

Ayant extrait du panier l'objet d'art naturel, le jeune homme prit dans ses bras le chien qui semblait endormi.

— Heureux animal ! s'écria-t-il, tu seras touché de ses mains ; elle te rendra la vie, alors que les vivants sont obligés de la fuir, afin de ne pas subir un déplorable sort. Mais, que dis-je, déplorable ! N'est-il pas de beaucoup plus affligeant et plus effrayant d'être paralysé par sa présence, qu'il ne serait de mourir de sa main ? Regarde-moi ! A mon âge, en quel piteux état ne suis-je pas réduit ! Le sort m'a laissé cette cuirasse que j'ai portée à la guerre avec honneur, et cette pourpre, que je me suis efforcé de mériter en gouvernant avec sagesse : l'une ne m'est plus qu'un poids inutile, et l'autre une vaine parure. Je n'ai plus ni couronne, ni sceptre, ni épée. Je suis d'ailleurs tout aussi nu et indigent que n'importe quel autre fils de la terre ; car ses beaux yeux bleus ont le funeste effet de priver de force tous les êtres vivants. Ceux que le contact de sa main n'a pas tués ne se sentent plus vivre qu'à l'état d'ombres ambulantes.

Il poursuivit de la sorte ses plaintes, sans satisfaire la curiosité de la Vieille, bien moins préoccupée de son état d'âme que des conditions extérieures de son existence. Elle n'apprit ni le nom de son père, ni celui de son royaume.

Il caressait le chien d'onyx, que les rayons du soleil et la chaleur qui émanait du jeune homme avaient réchauffé comme s'il eût été vivant. Il s'enquit avec intérêt de l'Homme à la Lampe et des effets de la sainte lumière dont il semblait se promettre merveille quant à son triste état.

Tandis qu'ils conversaient ainsi, ils aperçurent à distance l'arche majestueuse d'un pont jeté d'une rive à l'autre du Fleuve. Cette construction miroitait au soleil d'une manière si surprenante, que les deux interlocuteurs en restèrent stupéfaits.

— Comment ! s'exclama le prince, n'était-il pas assez beau, lorsqu'il se présentait à notre vue, paraissant bâti de jaspe et de prasine ? Ne doit-on pas craindre d'y poser le pied, maintenant qu'il semble composé d'émeraudes, de chrysoprases et de chrysolithes combinés avec la plus chatoyante variété ?

Les deux voyageurs ignoraient le changement dont la Couleuvre avait bénéficié ; car c'était elle qui, chaque jour vers midi, se tendait au-dessus du fleuve pour faire office de passerelle hardie. Les visiteurs de la belle Lilia s'y engagèrent avec respect et gardèrent le silence pendant la traversée.

A peine eurent-ils atteint l'autre rive, que le pont se mit à osciller ; puis, entrant en mouvement, il s'abaissa au niveau de l'eau. Reprenant alors sa forme normale, la Couleuvre verte se glissa à terre et rejoignit les voyageurs. Ceux-ci la remercièrent de la permission qu'elle leur avait accordée de franchir le Fleuve sur son dos ; puis ils remarquèrent que des personnes invisibles avaient dû se joindre à la compagnie. Ils entendaient près d'eux des sifflements auxquels la Couleuvre répondait de même en sifflant. En prêtant attention, ils perçurent enfin les paroles suivantes, émises par deux voix alternantes :

— Nous allons commencer par explorer *incognito* le parc de la belle Lilia, et nous vous prions de vouloir bien nous introduire auprès de cette parfaite beauté dès que, la nuit venue, nous serons devenus tant soit peu présentables. Vous nous rencontrerez sur les bords du grand lac.

— C'est convenu ! répondit la Couleuvre, et un son strident se perdit dans l'air.

Les trois visiteurs arrêtèrent ensuite l'ordre de leur présentation devant la Belle, car, un grand nombre de personnes pouvaient sans inconvénient se grouper autour d'elle, mais à la condition d'arriver et de se retirer une à une sous peine d'éprouver des sensations fort douloureuses.

La femme chargée d'apporter le chien pétrifié s'approcha la première du jardin, où, pour trouver la belle Lilia, elle n'eut qu'à se laisser guider par les sons de la harpe dont celle-ci s'accompagnait en chantant. Cette suave musique se traduisit d'abord à la surface du lac paisible en ondulations circulaires, puis par un léger souffle qui animait l'herbe et le feuillage. Assise dans un enclos de verdure, où l'ombrageait un groupe splendide d'arbres d'essences diverses, Lilia, dès qu'elle fut visible, enchanta une fois de plus l'œil, l'oreille et le cœur de la femme, qui, tout en s'approchant ravie, se jura intérieurement que la Belle, depuis qu'elle l'avait vue, avait gagné encore en beauté. Aussi l'excellente femme ne put-elle s'empêcher de crier de loin son admiration, saluant ainsi à sa manière la plus adorable des jeunes filles.

— Quel bonheur de vous contempler ! Quelle céleste félicité votre présence ne répand-elle pas autour de vous ! Avec quel charme votre harpe ne s'appuie-t-elle pas contre votre sein ! Quelle douceur dans le mouvement enveloppant de vos bras qui la tiennent ! L'instrument semble rechercher la pression de votre poitrine, et ses cordes, quels sons ne rendent-elles pas au contact de vos doigts effilés ! Ah ! trois fois heureux le jeune homme qui pourrait prendre sa place !

Lorsqu'elle entendit ces paroles, la belle

Lilia leva les yeux, tout en laissant retomber ses bras avec découragement.

— Ne m'attriste pas par des louanges importunes : elles ne contribuent qu'à me faire ressentir plus cruellement mon malheur. Tu vois ce pauvre petit serin étendu mort à mes pieds. Il accompagnait jusqu'ici mon chant de la manière la plus agréable. Habitué à se poser sur ma harpe, il était soigneusement dressé à ne pas me toucher. Or ce matin, alors que, réconfortée par le sommeil, je préludais à un paisible chant de réveil, mon mignon chanteur égrenait plus joyeusement que jamais ses notes harmonieuses, lorsqu'un épervier fendit l'air au-dessus de ma tête. Epouvanté, le craintif oiselet se réfugia dans mon sein et je perçus instantanément les derniers spasmes de sa vie expirante. Atteint par mon regard, le ravisseur se traîne désormais impotent, là-bas, au bord de l'eau. Mais sa punition ne me rend pas mon favori, dont la tombe ne contribuera qu'à augmenter les funèbres bocages de mon jardin.

— Prenez courage, belle Lilia ! dit alors la femme en essuyant les larmes que le récit de la malheureuse jeune fille lui avait arrachées, ressaisissez-vous. Mon mari m'a chargée de vous recommander de modérer votre chagrin et d'envisager la pire des infortunes comme l'annonce du plus grand bonheur, car il assure que les temps sont révolus. Et, de fait, continua la Vieille, il se passe d'étranges choses dans le monde. Voyez donc ma main, comme elle est devenue noire ! Vraiment, elle a déjà sensiblement diminué de volume : il faut que je me hâte, avant qu'elle ne disparaisse entièrement. Pourquoi ai-je voulu être complaisante à l'égard des Feux Follets ? Pourquoi a-t-il fallu que je rencontre le Géant ? Et pourquoi me suis-je laissée induire à plonger ma main dans le Fleuve ? Ne pouvez-vous pas me donner un chou, un artichaut et un oignon, que je les apporte au Fleuve, afin que ma main redevienne blanche comme précédemment et paraisse digne d'être placée à côté de la vôtre ?

— Tu pourrais à la rigueur trouver des choux et des oignons, mais c'est en vain que tu chercherais des artichauts. Mon vaste jardin ne renferme que des plantes ne portant ni fleurs ni fruits ; mais tout rameau que je cueille pour le planter sur la tombe d'un favori verdit aussitôt et se développe très rapidement. J'ai malheureusement vu croître tous ces massifs, ces bosquets et ces bocages. Ces pins altiers, ces cyprès pareils à des obélisques, ces chênes et ces hêtres puissants proviennent de rameaux plantés par ma main en de tristes commémorations, dans un sol qui, par lui-même, serait resté à jamais stérile.

La Vieille n'avait prêté à ce discours qu'une attention distraite, car elle ne se préoccupait plus que de sa main, qui, en présence de la belle Lilia, semblait noircir et rapetisser de minute en minute. Effarée, la messagère eut hâte de fuir et déjà elle reprenait sa corbeille, lorsqu'elle constata qu'elle avait failli oublier l'essentiel.

Sortant alors le chien transmué, elle le posa dans l'herbe aux pieds de la Belle.

— Mon mari, ajouta-t-elle, vous envoie ce souvenir. Votre contact peut animer ce minéral précieux. Le gentil animal ne manquera pas de vous distraire, et je ne puis me consoler du chagrin de le perdre qu'en sachant qu'il vous appartient.

La belle Lilia contempla le gentil animal avec une satisfaction paraissant mêlée d'étonnement.

— Beaucoup de signes, dit-elle, se réunissent pour m'inspirer quelque espoir. Mais, hélas ! ne serait-ce pas une illusion de notre nature, qui, en présence d'une accumulation de malheurs, nous fait pressentir l'approche du plus grand bien ?

Changerez-vous mon sort, favorables présages ?
Mort de l'oiseau chéri, main noire de l'amie ?
Et ce carlin d'onyx aurait-il son pareil ?
Et ne me vient-il pas, envoyé par la Lampe ?

Ignorant des humains les douces jouissances,
Je n'ai jamais connu que la calamité !
Que n'es-tu, Sanctuaire érigé près du Fleuve !
Et toi, solide Pont, ah ! que n'es-tu construit ! [1]

Ce chant, que la belle Lilia venait d'accompagner des plus suaves accords de sa harpe, aurait plongé dans le ravissement toute autre personne que l'anxieuse Vieille,

1. Was helfen mir die vielen guten Zeichen ?
Des Vogels Tod, der Freundin schwarze Hand ?
Der Mops von Edelstein, hat er wol seines gleichen ?
Und hat ihn nicht die Lampe mir gesandt ?

qui, impatiente de partir, aurait voulu l'interrompre pour prendre congé. Elle allait se mettre en route, lorsqu'elle fut retenue par l'arrivée du Serpent Vert, qui venait d'entendre les dernières paroles chantées par Lilia. Il en prit texte pour exhorter celle-ci au courage.

— La prédiction relative au Pont est accomplie, assura-t-il ; demandez à cette excellente femme combien resplendit actuellement l'arche qui relie les deux rives. Ce qui n'était naguère que jaspe opaque et simple prasine, à peine translucide aux arêtes, s'est transformé en gemmes d'une parfaite limpidité. Nul béryl n'est aussi transparent, nulle émeraude d'une eau plus pure.

— Je vous en félicite, répondit Lilia ; mais pardonnez-moi, si je ne considère pas encore la prédiction comme accomplie. L'arche altière de votre pont ne livre passage qu'aux piétons ; or, il nous est promis que des chevaux, des véhicules et des voyageurs de

Entfernt vom süssen menschlichen Genusse,
Bin ich doch mit dem Jammer nur vertraut.
Ach ! warum steht der Tempel nicht am Flusse !
Ach ! warum ist die Brücke nicht gebaut !

toutes sortes pourront simultanément traverser le pont dans l'un et l'autre sens. N'a-t-on pas aussi annoncé de grandes piles, qui surgiront d'elles-mêmes du Fleuve ?

Les yeux toujours fixés sur sa main, la Vieille, n'y tenant plus, voulut à ce moment se retirer.

— Accorde-moi un instant de plus, lui dit alors Lilia, et emporte mon pauvre serin. Prie la Lampe de le transmuer en une belle topaze. Par mon contact, je pourrai ensuite l'animer, si bien qu'avec ton bon carlin, il deviendra mon meilleur passe-temps. Mais cours de toutes tes forces, car, dès que le soleil sera couché, une irrémédiable putréfaction s'attaquera au chétif animal, en dissolvant à jamais la belle cohésion de sa forme.

La Vieille enveloppa le petit cadavre dans de tendres feuilles, plaça le tout dans sa corbeille et s'éloigna au plus vite.

— Quoi qu'il en soit, reprit alors le Serpent, le Temple est bâti.

— Mais il ne se dresse pas encore au bord du Fleuve, répartit la Belle.

— Non, car il attend son heure dans les

profondeurs de la terre, poursuivit le Serpent; j'ai vu les Rois et je leur ai parlé.

— Mais quand se lèveront-ils ? demanda Lilia.

— J'ai entendu retentir le Temple de la grande parole : les temps sont accomplis !

Une agréable sérénité se répandit à ces mots sur le visage de la Belle.

— C'est la deuxième fois que j'entends, aujourd'hui, ces heureuses paroles. Quand donc viendra le jour où je les entendrai trois fois ?

Elle se leva, et aussitôt une ravissante jeune fille se détacha du bocage, pour venir prendre la harpe de Lilia. Le pliant d'ivoire sculpté fut enlevé ensuite par une seconde servante, qui le prit sous son bras avec le coussin argenté. Une troisième se mit à la disposition de la Belle pour l'abriter, au cours de sa promenade, sous un grand parasol brodé de perles. Ces trois jeunes filles étaient attrayantes au delà de toute expression, et cependant elles ne contribuaient qu'à rehausser la beauté de Lilia, car, de l'aveu général, elles ne lui étaient aucunement comparables.

Ayant examiné complaisamment le Carlin merveilleux, la belle Lilia se pencha vers lui et le toucha. A son contact, il se leva, comme mû par un ressort; puis, ayant jeté autour de lui un regard éveillé, il se mit à courir de ci, de là, pour s'élancer finalement vers sa bienfaitrice avec les plus vives démonstrations d'attachement. Elle le prit dans ses bras et le pressa contre son sein.

— Que tu es froid! s'exclama-t-elle alors; mais bien que tu ne sois animé que d'une vie incomplète, tu n'en es pas moins ici le bienvenu. Je t'aimerai tendrement, je partagerai tes jeux, tu auras mes caresses amicales et je te serrerai fortement contre mon cœur.

Le lâchant ensuite, elle le chassa loin d'elle, pour le rappeler aussitôt, jouant ainsi avec lui sur le gazon, en y apportant une grâce, un entrain et une ardeur qui obligeaient le spectateur à partager sa joie, tout comme naguère, à la vue de sa douleur, tous les cœurs s'étaient ouverts à la compassion.

Cette gaieté, ce gracieux badinage, furent interrompus par l'arrivée du prince mélancolique. Il approcha, toujours le même, sauf que la chaleur du jour semblait avoir mis le comble à son accablement. En présence de sa bien-aimée, il devenait, en outre, plus pâle d'instant en instant. Sur son poing, l'Epervier aux ailes pendantes se tenait aussi timide qu'une colombe.

— Tu n'es pas aimable, lui reprocha Lilia, d'offenser mes regards par la vue de cette affreuse bête qui a causé la mort de mon petit chanteur.

— Ne maudis point ce malheureux oiseau, répondit le jeune homme; n'accuse que ton propre destin et le sort, et concède que je fasse ma société du compagnon de ma misère.

Le Carlin n'avait cessé de folâtrer autour de la Belle, qui stimulait très aimablement l'animation de son favori transparent. Elle battait des mains pour le mettre en fuite, puis elle courait, afin de l'entraîner à la suivre. Elle cherchait à le saisir lorsqu'il fuyait, et le chassait, dès qu'il tentait de se presser contre elle. Le jeune homme observait ce jeu en silence avec un dépit croissant.

Mais en voyant Lilia prendre dans ses bras l'odieuse bête, qu'il jugeait affreuse, la serrer contre sa blanche poitrine et finalement poser ses lèvres célestes sur le noir museau, alors, exaspéré, le jeune homme s'écria :

— Faut-il, quand un destin funeste me condamne à vivre en ta présence dans une séparation éternelle peut-être; quand j'ai tout perdu par toi, y compris ma personnalité, faut-il, de mes yeux, que je constate à quel point une monstruosité contre nature peut exciter ta joie, captiver tes affections et jouir de tes embrassements ! Dois-je longtemps encore me contenter d'aller et de revenir, en arpentant le morne circuit qui mène alternativement d'une rive à l'autre du Fleuve ? Non ! Une étincelle de l'ancien héroïsme s'est conservée en moi; qu'elle jette donc en ce moment sa dernière flamme ! Si les pierres sont admises à reposer contre ton sein, que je devienne pierre ! Si ton contact tue, je veux mourir de ta main !

Un brusque mouvement accompagna ces paroles; l'Epervier prit péniblement son vol et le malheureux prince se précipita vers la

Belle. — Instinctivement celle-ci tendit les mains pour l'écarter, mais n'en toucha que plus rapidement le jeune homme, qui, perdant conscience, vint s'effondrer dans ses bras. Epouvantée de sentir contre son sein le poids de ce beau corps, elle recula en poussant un cri d'horreur, laissant ainsi glisser à terre son fiancé inanimé.

La catastrophe était accomplie. Immobile, la douce Lilia fixait d'un œil hagard le cadavre inerte. Elle demeura figée, son cœur ne battant plus et sans une larme perlant à ses paupières. Le Carlin s'agita vainement pour obtenir une caresse : le monde entier venait de mourir pour elle, en même temps que son bien-aimé. Dans le mutisme de son désespoir, elle n'aspirait pas à être secourue, car elle ne concevait aucune possibilité de secours.

Cette torpeur porta le Serpent à se démener d'autant plus activement, comme s'il se préoccupait d'assurer un sauvetage. Ses étranges contorsions eurent du moins l'avantage de parer aux suites les plus immédiates de la terrible fatalité. Décrivant autour du cadavre un vaste cercle, il retint finalement entre ses dents l'extrémité de sa queue, puis ne bougea plus.

Peu après, l'une des belles suivantes de Lilia vint apporter le pliant d'ivoire, en invitant gracieusement sa maîtresse à y prendre place. Une autre parut ensuite, tenant un voile couleur de feu, qu'elle posa sur la tête de Lilia, moins pour la couvrir que pour la parer. Le Belle reçut enfin la harpe des mains de la troisième suivante. A peine les cordes du splendide instrument eurent-elles rendu quelques sons, que la première des jeunes filles reparut avec un clair miroir de forme ronde. Se tenant en face de Lilia, elle capta, pour la renvoyer à sa maîtresse, l'image la plus ravissante que puisse produire la nature, car la douleur exaltait la beauté de l'affligée, le voile accentuait ses charmes et la harpe faisait ressortir sa grâce. Son aspect était à ce point adorable, que, tout en compatissant à la navrante situation de Lilia, on aurait voulu pouvoir fixer à jamais ses traits du moment.

Son paisible regard attaché au miroir, la Belle, après avoir fait retentir les cordes des accords les plus attendrissants, semblait en proie à un redoublement de douleur, qui se traduisit en notes puissantes d'intensité pathétique. A diverses reprises, Lilia essaya de chanter, mais aucun son ne voulut sortir de sa gorge. A la longue, un flot de larmes apporta une détente à l'âpreté de ses peines. Deux suivantes empressées vinrent alors la soutenir, tandis que la troisième, voyant la harpe échapper des mains de sa maîtresse, recueillit à temps l'instrument précieux qu'elle emporta.

— Qui nous amènera l'Homme à la Lampe avant le coucher du soleil ? siffla le Serpent tout bas, mais très perceptiblement. Les jeunes filles se regardèrent inquiètes, et les larmes de Lilia coulèrent plus abondantes. A ce moment, la Vieille à la corbeille revint, essoufflée.

— Je suis perdue et mutilée ! cria-t-elle. Voyez, ma main a presque entièrement disparu. Ni le Passeur, ni le Géant n'ont voulu me traverser, parce que je reste débitrice de l'eau. Vainement ai-je offert cent choux et cent oignons : on ne veut que trois pièces ;

or, impossible de découvrir le moindre artichaut dans cette région !

— Oubliez votre détresse, répondit le Serpent, et tâchez de nous secourir; il se peut que notre salut soit aussi le vôtre. Courez en toute hâte à la recherche des Feux Follets. Il fait encore trop clair pour que vous puissiez les apercevoir, mais peut-être les entendrez-vous rire et voltiger. S'ils se hâtent, le Géant pourra encore leur faire franchir le Fleuve; il ne leur restera plus ensuite qu'à rejoindre l'Homme à la Lampe et à nous l'envoyer.

La femme courut de toutes ses forces, et le Serpent attendit avec non moins d'impatience que Lilia l'issue du message. Malheureusement, les rayons du soleil couchant ne doraient déjà plus que le sommet des arbres du bocage, tandis que les ombres s'étendaient au-dessus du lac et de la prairie. Le Serpent s'agita fébrilement et Lilia fondit en larmes.

A ce moment critique, le Serpent lança de toutes parts des regards anxieux, car il redoutait que, le soleil disparu, la putréfaction ne vienne, d'un instant à l'autre, rompre le cercle magique, pour s'attaquer irrésistiblement au beau jeune homme. Dans les hauteurs de l'air, il aperçu finalement l'Epervier, dont les derniers rayons du soleil empourpraient le plumage. Cet indice favorable fit tressaillir de joie le Serpent, qui ne se trompait pas, car peu après on vit l'Homme à la Lampe traverser le lac, en glissant à la surface de l'eau à l'instar d'un patineur.

Le Serpent se garda bien de modifier sa position; mais Lilia se leva pour aller au-devant du nouveau-venu, en s'écriant :

— Quel bon esprit te dirige vers nous en ce moment, alors que nous t'attendons avec une extrême anxiété et que nous avons tant besoin de toi ?

— Je suis poussé, répondit l'Homme, par l'esprit de ma Lampe, et c'est l'Epervier qui m'a conduit ici. Dès que l'on a besoin de moi, ma lampe pétille; je cherche alors un signe d'orientation, et un oiseau ou quelque météore m'indique la direction que je dois suivre. Rassure-toi, ravissante enfant; mon secours sera-t-il efficace, je l'ignore : l'individu isolé reste impuissant; mais le secours s'obtient par la réunion en nombre à l'heure favorable. Retardons la marche des choses et espérons.

— Maintiens ton cercle clos ! poursuivit-il, s'adressant au Serpent. Puis, s'asseyant à proximité sur un tertre, il dirigea sur le cadavre la lumière de la Lampe. Sur son ordre, les servantes allèrent ensuite prendre dans la corbeille abandonnée par la Vieille le corps du gentil petit serin, qu'elles apportèrent, pour le placer, lui aussi, dans le cercle.

Le soleil ayant disparu, les ténèbres ne tardèrent pas à être assez épaisses pour révéler la lumière qui se dégageait du Serpent et de la Lampe, non moins que du voile de Lilia. L'étoffe projetait des lueurs d'une tendre aurore sur les joues pâles et le blanc vêtement de la jeune fille. Ce spectacle d'une grâce infinie réconforta les assistants, qui se considéraient les uns les autres avec recueillement, une ferme espérance atténuant désormais leurs peines et chagrins.

Ces dispositions firent accueillir avec satisfaction le retour de la Vieille, escortée par les deux flammes joviales. Celles-ci avaient dû se livrer encore à un excès de prodigalité, tant elles étaient devenues fluettes ! Elles ne s'en montrèrent que plus empressées auprès de la princesse et des autres belles. Avec une parfaite assurance et une grande vivacité d'expression, elles dirent des choses, somme toute, assez banales. Leur admiration s'inspira plus particulièrement du charme que le voile lumineux répandait sur Lilia et ses suivantes. Les belles baissaient les yeux avec modestie, effectivement embellies par la louange de leur beauté. Toute l'assistance était calme et rassérénée, sauf la Vieille. En dépit des assurances de son mari, qui avait affirmé que la main de sa femme ne pouvait plus diminuer tant qu'elle serait éclairée par la Lampe, la malheureuse ne cessait de geindre, prétendant qu'avant minuit le noble membre aurait entièrement disparu, si les choses continuaient à suivre leur cours.

Le Vieux avait prêté aux propos des Feux Follets une oreille attentive, en prenant plaisir à une conversation qui avait l'heureux effet de divertir et d'égayer Lilia. De fait, minuit survint, on ne sut comment. Après avoir observé les étoiles, le Vieux dit alors gravement :

— Nous nous trouvons réunis à l'heure propice : que chacun accomplisse sa tâche, que chacun soit fidèle à son devoir, et les peines individuelles se fondront dans le bonheur général, tout comme une calamité universelle résorbe les joies particulières.

Une rumeur singulière s'éleva comme réponse à ces paroles, car toutes les personnees présentes, se parlant à elles-mêmes, se mirent à expliquer tout haut ce qu'elles avaient à faire. Seules, les trois filles d'honneur restèrent muettes. Elles s'étaient endormies, l'une auprès de la harpe, l'autre près du parasol et la troisième à côté du pliant ; on ne pouvait leur en tenir rigueur, vu l'heure avancée. Les jouvenceaux flamboyants leur avaient bien consacré, au début, quelques politesses passagères ; mais leurs hommages ne s'étaient plus adressés finalement qu'à Lilia, la Belle des belles.

— Emporte le miroir ! ordonna dès lors le Vieux à l'Epervier. Va guetter le premier rayon du soleil, afin de le recueillir du plus haut des airs et en envoyer le reflet sur les dormeuses.

Jusque-là immobile, le Serpent entra désormais en mouvement. Bientôt il rompit le cercle, et, décrivant de longues boucles avec lenteur, il se dirigea vers le Fleuve, immédiatement suivi par les deux Feux Follets, dont l'attitude devint si digne, qu'on aurait pu les prendre pour les flammes les plus sérieuses du monde.

La corbeille, dont la faible phosphorescence avait à peine été remarquée jusqu'alors, fut distendue à ce moment par la Vieille et son mari, qui, tirant en sens contraire, l'allongèrent démesurément, tout en augmentant son pouvoir lumineux en proportion de l'étirement. Dès que la dimension requise fut atteinte, la corbeille, devenue cercueil, reçut le cadavre du jeune homme, sur la poitrine duquel fut déposé le serin mort. Ainsi chargé, le panier se leva de lui-même, pour se maintenir au-dessus de la tête de la Vieille, qui se hâta de suivre les Feux Follets. Emportant sous son bras le Carlin, la belle Lilia suivit la Vieille. Quant à l'Homme à la Lampe, il ferma ce cortège lumineux, qui, par la diversité des lueurs répandues, éclaira la région de la plus étrange manière.

Parvenue au Fleuve, la compagnie fut saisie d'admiration devant l'arche incomparable qui reliait les deux rives, grâce au Serpent bienfaisant, dont le corps formait un pont lumineux. Si, de jour, les pierres précieuses transparentes, qui semblaient composer cette singulière construction, avaient offert déjà un spectacle ravissant, on s'extasiait de nuit devant leur magnificence éclairante. Par le haut, la partie convexe de l'arc lumineux tranchait vivement sur le ciel sombre; il n'en était pas de même de la partie concave, qui dardait vers le centre des rayons animés, rappelant la solidité mobile de l'édifice vivant. Le cortège traversa lentement, à la stupéfaction du Passeur, qui, de sa cabane, observait à distance l'arc lumineux et les étranges lumières défilant au-dessus de la courbure.

Dès que le cortège eut atteint la rive opposée, l'arc se mit à osciller à la façon qui lui était particulière et à se rapprocher de l'eau par une série d'ondulations. Peu après, ayant rejoint ses compagnons, le Serpent se hâta de reformer le cercle autour de la corbeille qui s'était abaissée d'elle-même jusqu'au sol. S'inclinant alors devant le Serpent, le Vieux demanda :

— Qu'as-tu résolu ?

— De me sacrifier avant qu'on me sacrifie, répondit le Serpent. Promets-moi de ne laisser aucune pierre sur le rivage.

Le Vieux promit, puis il dit à la belle Lilia :

— Touche le Serpent de ta main gauche, et ton bien-aimé de ta droite !

Lilia s'agenouilla et toucha simultanément le Serpent et le cadavre. Celui-ci sembla revenir immédiatement à la vie ; il s'agita dans le panier, puis se dressa sur son séant. Lilia voulut embrasser son fiancé, mais le Vieux la retint ; il aida par contre le jeune homme à se lever, puis à sortir du panier d'abord, et du cercle magique ensuite.

Le Prince se tint debout, et le serin, en voletant, se posa sur son épaule ; la vie leur était revenue à tous deux, mais ils n'avaient pas encore recouvré l'esprit. Le beau fiancé avait les yeux ouverts, mais il ne voyait rien.

du moins semblait-il regarder sans prendre part à rien. La surprise provoquée par des faits aussi inattendus fut telle qu'on ne remarqua pas immédiatement la métamorphose déconcertante que venait de subir le Serpent, dont le beau corps, si souple, s'était décomposé en des milliers de pierres précieuses éclairantes. En voulant reprendre sa corbeille, la Vieille, par mégarde, avait heurté le Serpent, dont les éléments composants s'étaient éparpillés sous le choc ; aussi ne restait-il plus de l'ancienne forme animée qu'un splendide cercle de gemmes lumineuses répandues dans l'herbe.

Le Vieux s'empressa de recueillir dans la corbeille toutes les pierres précieuses. Il se fit aider par sa femme, tant pour cette besogne, que pour le transport de la corbeille dont l'inappréciable contenu fut intégralement déversé dans le Fleuve du haut d'un endroit escarpé de la rive. Lilia et la Vieille en éprouvèrent quelque dépit, car elles auraient préféré pouvoir se choisir quelques pierreries pour leur agrément personnel. Comme des étoiles scintillantes, les pierres lumineuses flottèrent parmi les vagues, puis disparurent sans qu'il fût possible de distinguer si elles se perdaient dans le lointain, ou si elles s'enfonçaient.

Revenant vers les Feux Follets, le Vieux leur dit alors respectueusement :

— Messieurs, désormais c'est moi qui vais servir de guide et marcher en tête ; mais il vous est réservé de nous rendre un immense service en nous ouvrant la porte du sanctuaire par laquelle nous devons passer et qu'en dehors de vous nul ne saurait ouvrir.

S'inclinant avec civilité, les Feux Follets passèrent en queue, laissant l'Homme à la Lampe prendre les devants vers le rocher, lequel s'ouvrit à son approche. Le Prince marchait en second, en quelque sorte machinalement, alors que Lilia, recueillie mais incertaine, suivait à une distance trop grande au gré de la Vieille, qui, lui emboîtant le pas, étendait sa main noire, afin que la lumière de la Lampe ne manquât pas un seul instant de l'éclairer. Les Feux Follets fermaient le cortège en inclinant l'un vers l'autre la pointe de leurs flammes, comme s'ils avaient conversé entre eux.

La marche se poursuivit dans cet ordre jusqu'à la rencontre d'une massive porte d'airain, dont les battants étaient clos à l'aide d'une serrure d'or. Le Vieux fit aussitôt approcher les Feux Follets, qui, sans attendre d'y être longuement encouragés, eurent tôt fait de dévorer serrure et pène de leurs langues les plus effilées.

Lorsque la porte s'ouvrit avec un fracas d'airain, les lumières introduites firent resplendir les statues royales du sanctuaire. Chacun s'inclina devant les vénérables souverains, les Feux Follets surtout se confondant en révérences contournées.

Après quelques instants de silence, le roi d'or demanda :

— D'où venez-vous ?

— Du monde, répondit le Vieux.

— Où allez-vous ? interrogea le roi d'argent.

— Nous retournons dans le monde fut la réponse du Vieux.

— Que venez-vous faire auprès de nous ? questionna le roi d'airain.

— Vous escorter, expliqua le Vieux.

Le roi composite s'apprêtait à parler, lorsque le roi d'or, dont les Feux Follets s'étaient trop approchés, les apostropha :

— Ecartez-vous de moi, mon or n'est pas pour vos langues.

Se glissant alors auprès du roi d'argent, ils se coulèrent contre lui, en agrémentant son vêtement des chauds reflets de leur lumière jaunâtre.

— Vous m'êtes les bienvenus, leur dit-il, mais je ne puis vous nourrir ; prenez autre part votre pâture et apportez-moi votre lumière.

En s'éloignant, ils esquivèrent le roi d'airain, qui ne parut pas les apercevoir. et s'attaquèrent au roi composite. D'une voix hésitante, celui-ci s'écria :

— Qui dominera le monde ?

— Celui qui tient sur ses pieds ! répondit le Vieux.

— Alors ! c'est moi, poursuivit le roi composite.

— C'est ce que nous allons savoir, fut la réponse du Vieux, car les temps sont révolus.

A ces mots, la belle Lilia, se jetant au cou du Vieux, l'embrassa tendrement.

— Saint père, lui dit-elle, je te remercie de tout mon cœur, car j'entends pour la troisième fois cette parole fatidique.

Elle venait à peine de parler, qu'elle se serra plus fortement encore contre le Vieillard, car, sous leurs pieds, le sol se mit à vaciller. La Vieille et le jeune homme éprouvèrent de même le besoin de se soutenir mutuellement ; seuls, dans leur mobilité, les Feux Follets ne s'aperçurent de rien.

L'ensemble du temple, on s'en rendait distinctement compte, venait d'entrer en mouvement, à l'instar d'un navire qui lentement sort du port une fois ses ancres levées. Les profondeurs de la terre semblaient s'ouvrir pour livrer passage au sanctuaire, qui ne heurta rien, aucun rocher ne lui barrant la route.

Pendant quelques instants, une pluie fine tomba par l'ouverture de la coupole. Le Vieux tint alors plus fortement la belle Lilia, en lui disant :

— Nous sommes sous le Fleuve et nous touchons au but.

Peu après, on put se croire immobile ;

mais c'était une illusion, car le Temple montait.

Un singulier bruit se fit entendre soudain dans la hauteur. Un amas désordonné de planches et de poutres se fraya passage à travers l'ouverture de la coupole. Effrayées par le craquement, Lilia et la Vieille sautèrent de côté, tandis que le Vieux à la Lampe, saisissant le jeune homme, le retint sur place. La cabane du Passeur, car c'est elle que, dans son ascension, le Temple avait détachée du sol, acheva de dégringoler par débris, qui, peu à peu, recouvrirent le Prince et son protecteur.

Les femmes poussèrent des cris et le sanctuaire fut ébranlé comme un navire subitement échoué. Anxieuses, elles firent dans le demi-jour le tour de la cabane qui avait repris sa forme primitive. La porte en était close et nul à l'intérieur ne semblait entendre les coups qu'elles y frappaient. Elles heurtèrent plus fort et furent surprises finalement d'entendre le bois rendre un son métallique. Par la vertu de la Lampe qui s'y trouvait enfermée, la substance de la cabane venait, du dedans au dehors, d'être entièrement transmuée en argent. Du même coup, une modification se produisit dans la forme de la cabane, car, répugnant à la configuration accidentelle en planches, poutres et poteaux, le noble métal s'étirait de lui-même, pour constituer une admirable châsse, du travail le plus accompli. Un splendide petit temple se dressa de la sorte au milieu du grand, qui eut ainsi un autel digne de lui.

Par un escalier intérieur, le Prince monta sur une plateforme qui couronnait le sanctuaire minuscule. L'Homme à la Lampe éclairait ses pas, tandis qu'un autre personnage, vêtu d'une courte tunique blanche, soutenait d'une main le jeune homme et portait de l'autre une rame d'argent. On reconnaissait en lui le Passeur, dont la demeure venait d'être métamorphosée.

A son tour, la belle Lilia se mit à gravir les marches qui, extérieurement, conduisaient du sol du Temple au sommet de l'autel; mais il ne lui fut pas encore permis d'approcher son bien-aimé. La Vieille, dont la main était devenue de plus en plus petite tant que la Lampe avait été cachée, se mit alors à gémir :

— Mon malheur s'accomplira-t-il malgré tout ! Parmi tant de miracles, ne s'en produira-t-il aucun pour sauver ma main ?

Lui indiquant la porte ouverte, son mari répondit :

— Le jour se lève ! Hâte-toi et va te baigner dans le Fleuve !

— Beau conseil ! Tu veux donc que je devienne noire tout entière et que je disparaisse totalement, puisque je n'ai pas acquitté ma dette !

— Va et fais ce que je te dis ! répliqua le Vieux, toutes les dettes sont remises.

La Vieille disparut et, au même moment, la lumière du soleil levant frappa le rebord de la coupole. Se plaçant entre les jeunes gens, le Vieux prononça alors d'une voix forte :

— Trois règnent sur terre : Sagesse, Apparence et Force.

Au premier des trois mots, le roi d'or s'était levé, au second le roi d'argent fut debout, et au troisième le roi d'airain s'était lentement mis sur pied, alors que le roi composite s'affaissait avec maladresse.

Malgré la solennité du moment, il était difficile de le considérer sans rire, car il n'était ni assis, ni étendu, ni appuyé, mais effondré dans une posture grotesque.

Les Feux Follets, qui s'étaient jusque-là empressés autour de lui, venaient de s'en écarter. Bien que la clarté matinale les eût pâlis, ils n'en apparaissaient pas moins copieusement réconfortés et bien en flammes. Très habilement, ils étaient parvenus, grâce à leurs langues déliées, à lécher jusqu'à la dernière parcelle des veines d'or du colosse. Les interstices irréguliers ainsi creusés purent se maintenir vides un certain temps, la statue conservant de ce fait son aspect général. Mais finalement, quand tout fut dévoré, jusqu'aux moindres veinules, un effondrement brusque se produisit, précisément dans le torse, qui, dans la posture assise, reste droit, alors que les membres se plient. Or, le contraire avait eu lieu, engendrant une combinaison difforme de raideur et d'aplatissement, dont il fallait détourner les yeux pour ne pas souffrir de son aspect à la fois ridicule et rébarbatif, car rien n'était plus répugnant que cette figure disloquée non encore réduite en monceau.

Cette catastrophe fut un signal pour l'Homme à la Lampe, qui, conduisant le beau jouvenceau, dont le regard conservait la fixité de l'égarement intellectuel, le fit descendre de l'autel et marcher droit sur le roi d'airain. Aux pieds du puissant monarque gisait un glaive dans son fourreau de bronze. Le jeune homme s'en ceignit.

— Le glaive au côté gauche, la main droite libre ! s'écria le formidable potentat.

Dès que le jouvenceau fut présenté au roi d'argent, celui-ci inclina vers lui son sceptre, que le Prince prit en sa main gauche. D'une voix bienveillante, le roi dit alors :

— Pais les brebis !

A son tour, le roi d'or sembla donner au jeune homme sa bénédiction paternelle, lorsque, lui posant sur la tête la couronne de chêne, il prononça :

— Discerne le sublime ! [1]

(1) *Erkenne das Höchste,* reconnais la sublimité, ce qui dépasse tout en élévation.

Pendant que ces rites s'accomplissaient, le Vieillard avait très attentivement observé le jouvenceau. Dès que celui-ci eut ceint le glaive, sa poitrine s'était dilatée, ses bras s'étaient crispés et sa marche avait pris plus d'assurance. Lorsqu'il prit le sceptre en main, sa vigueur parut se calmer, tout en puisant dans une grâce inexprimable un surcroît de puissance. Mais au contact de la couronne de chêne, qui s'associa harmonieusement à la chevelure bouclée du jeune homme, on vit son visage s'animer ; la plus vive intelligence brilla dans son regard, et la première parole qui tomba de ses lèvres fut : Lilia !

— Chère Lilia ! s'écria-t-il en s'élançant sur les marches d'argent qui conduisaient au sommet de l'autel, d'où la jeune fille avait suivi toutes les phases de la transfiguration de son fiancé, chère Lilia ! L'homme entré en possession de toutes ses facultés peut-il aspirer à rien de plus précieux que l'innocence et la tendre affection dont rayonne ton sein ? — Oh ! mon ami — poursuivit-il en se tournant vers le Vieillard, sans perdre de vue les trois statues sacrées — splendide et stable est le règne de nos pères, mais tu as oublié la quatrième force, qui, antérieurement à toutes les autres, règne sur le monde d'une manière plus universelle et plus certaine : la force de l'amour ! A ces mots, il serra dans ses bras la jeune fille, qui avait rejeté son voile et dont les joues s'animèrent de l'incarnat le plus ravissant, désormais inaltérable.

Le Vieillard dit alors en souriant :

— L'amour ne règne pas ; il fait mieux : il forme[1], coordonne et crée.

Sans que nul n'y prît garde au milieu de l'exultation de la joie générale provoquée par ces solennités, le jour s'était entièrement levé. La clarté grandissante qui pénétrait par l'ouverture de la porte attira cependant l'attention au dehors. Chacun fut alors surpris du spectacle qui s'offrait à la vue. Une vaste place, entourée de colonnes, s'étendait devant le temple et conduisait à

(1) *Die Liebe herrscht nicht, aber sie bildet, and das ist mehr.* Bilden signifie former, façonner, modeler, créer, organiser, constituer, instruire, cultiver, former l'esprit, éduquer, civiliser, policer un peuple.

un pont magnifique, aux arches multiples, jeté sur le Fleuve. De splendides colonnades longeaient ce pont de chaque côté, abritant les piétons, qui, par milliers déjà, circulaient dans les deux sens avec la plus grande facilité. Le large espace du milieu livrait passage à une affluence incessante de troupeaux, de bêtes de somme, de cavaliers et de véhicules, qui, sans la moindre confusion, traversaient dans l'une et l'autre direction. Chacun paraissait émerveillé de voir tant de splendeur aussi admirablement adaptée aux besoins pratiques. Quant au nouveau roi et à sa compagne, leur ravissement en présence de l'animation et de la vie de ce grand peuple ne fut comparable qu'au bonheur qu'ils puisaient dans leur mutuel amour.

— Honore la mémoire du Serpent ! dit alors l'Homme à la Lampe en s'adressant au roi. Tu lui dois la vie, et tes peuples lui sont redevables de ce pont, grâce auquel les rives voisines ont pu se peupler et devenir un domaine uni. Les gemmes flottantes et lumineuses, en lesquelles s'étaient décomposé son corps sacrifié, constituent les piles de ce pont magnifique, qui, surgissant de ses fondations, s'est construit et se conservera de lui-même.

Des explications allaient être demandées relativement à ce mystère, lorsque quatre belles jeunes filles franchirent le seuil du temple. La harpe, le parasol et le pliant firent reconnaître sans hésitation en trois d'entre elles les suivantes de Lilia. Mais la quatrième, certes la première en beauté, semblait une nouvelle venue, déjà familiarisée cependant avec le trio, qu'elle animait par son joyeux badinage, tandis qu'elle traversait le Temple, jusqu'aux marches d'argent qu'elle n'hésita pas à gravir.

— Me croiras-tu désormais ? ma chère femme, lui dit alors l'Homme à la Lampe. Sois heureuse, de même que toute créature qui, ce matin, se baignera dans le Fleuve !

Rajeunie et transfigurée, la Vieille n'offrait plus la moindre trace de son précédent aspect. Pleine de fougue juvénile, elle sauta au cou de l'Homme à la Lampe, qui accueillit avec complaisance ces marques de tendresse.

— Si je te parais trop vieux, lui dit-il en souriant, tu es en droit aujourd'hui de te choisir un autre époux. A partir de ce jour, nul mariage n'est valable, à moins qu'il ne soit renouvelé.

— Ignores-tu donc, répondit-elle, que, toi aussi, tu es devenu plus jeune ?

— Je me réjouis d'apparaître à tes yeux comme un vaillant jeune homme; j'accepte donc à nouveau ta main et suis tout disposé à vivre avec toi jusqu'au prochain millénaire.

La reine félicita sa nouvelle amie, puis descendit avec elle et les autres suivantes l'escalier conduisant dans l'intérieur du Sanctuaire. Le roi et les deux hommes restèrent par contre sur la plateforme, d'où ils pouvaient observer le pont et l'agitation de la foule.

La satisfaction du roi fut de courte durée, car il ne tarda pas à être témoin d'un spectacle affligeant. Mal réveillé de son sommeil, le lourd Géant venait de s'engager gauchement sur le pont, où il provoquait une indescriptible confusion. Comme d'ordinaire, il s'était levé à moitié endormi, pour aller prendre son bain coutumier à l'endroit habituel du Fleuve. Mais voici qu'au lieu d'entrer dans l'eau, il sentait un sol sec sous ses pieds, tandis qu'il avançait en titubant sur le large parapet du pont. Si maladroitement qu'il se fût élancé au milieu des gens et des animaux, sa présence, visible pour tous, provoquait un effarement général, mais nul n'en ressentait les effets. Il n'en fut plus de même lorsque, pour se frotter les yeux que le soleil venait de frapper, le colosse leva les bras ; car l'ombre de ses formidables poings bouscula irrésistiblement la foule sur laquelle elle passa. Bêtes et gens furent renversés, blessés ou meurtris, et couraient risque d'être précipités dans le Fleuve.

A la vue de ce méfait, le roi ne put s'empêcher de porter la main à son glaive ; mais, réfléchissant, il considéra plein de calme d'abord son sceptre, puis la Lampe et la rame de ses compagnons.

— Je devine ta pensée, lui dit l'Homme à la Lampe, mais contre cet impuissant, nous restons nous-mêmes impuissants en dépit de toutes les puissances dont nous disposons. Sois sans inquiétude ! Il ne commettra plus d'autre action nuisible, et nous avons la chance que son ombre ne soit pas tournée vers nous.

Le Géant cependant s'était approché. Stupéfait de ce que lui révélaient ses grands yeux ouverts, il avait laissé retomber ses bras et ne causait plus de dommage; mais il avançait toujours. Déjà il traversait l'avant-cour, se dirigeant droit vers la porte du Temple, lorsque, parvenu au point central de la place, il se trouva brusquement fixé au sol. Il venait d'être transformé en une immense et splendide statue de pierre rougeâtre et luisante. Son ombre désormais indiquait les heures, figurées sur un pavé circulaire, non par des chiffres, mais par une série de compositions en mosaïque, retraçant de nobles images d'une haute signification.

Cette application utile de l'ombre du Titan donna grande satisfaction au roi. Quant à la reine, qui, escortée de ses suivantes, venait de surgir merveilleusement parée de l'intérieur du Sanctuaire, sa surprise fut vive à l'aspect de l'étrange monument, dont la masse obstruait presque la vue du pont.

Rassuré par l'immobilité du Géant, le peuple ne tarda pas à s'en approcher, puis à l'entourer, tout en s'extasiant sur la métamorphose subie. La foule ensuite se tourna vers le Temple, qu'elle ne semblait pas avoir aperçu plus tôt.

Elle se pressait pour en franchir la porte, lorsque du haut des airs, l'Epervier renvoya sur l'autel, par l'ouverture de la coupole, un faisceau de lumière solaire captée à l'aide du miroir dont il était porteur. Au sein du demi-jour mystérieux du sanctuaire, le roi, la reine et leur suite parurent ainsi baignés d'une clarté céleste. Le peuple se prosterna à cette vue, saisi d'un religieux respect.

Lorsque, remise de son émotion, la foule se releva, le roi et les siens avaient disparu par l'escalier intérieur du Sanctuaire, que des passages secrets reliaient au palais. Le peuple alors se répandit dans le Temple pour satisfaire sa curiosité. Les trois rois restés debout furent examinés avec un étonnement plein de vénération. Mais rien n'intrigua autant que la masse confuse, qui, dans la quatrième niche, était soigneusement dissimulée sous un précieux tapis. Le roi effondré avait été recouvert d'un splendide tissu, voile charitable, qu'aucun œil ne parvenait à percer et qu'aucune main ne se permettait de soulever.

Ne se lassant pas de contempler et d'admirer, la foule grossissante aurait fini par s'écraser dans le Temple, sans une diversion qui vint fort à propos attirer son attention vers la grande place.

Subitement, les dalles de marbre y avaient retenti d'un bruit de pièces d'or paraissant tomber du ciel; les personnes les plus proches s'étaient aussitôt précipitées sur le métal précieux. Le phénomène se reproduisit à diverses reprises, tantôt d'un côté, tantôt de l'autre. En se retirant, les Feux Follets avaient voulu ainsi se distraire par une joyeuse dilapidation de l'or qu'ils avaient su extraire des veines du roi effondré. Avide, la foule courut longuement de ci de là, se pressant et se bousculant, alors même qu'il ne tombait plus de pièces d'or. Finalement, tout reprit son cours normal, chacun peu à peu ne se préoccupant plus que de suivre sa route. Jusqu'à ce jour, le pont fourmille ainsi de passants et le Temple est le plus fréquenté de la terre.

L'EXÉGÈSE DU « SERPENT VERT »

L'ÉSOTÉRISME DU « MÄRCHEN »

DONNER d'une production littéraire une traduction rigoureuse est toujours une tâche ingrate. Ce qui s'exprime dans une langue en une forme heureuse se heurte, dans l'autre, aux rencontres les moins esthétiques. C'est à peine si j'ose relire le conte de Gœthe, dit du *Serpent Vert*, tel que je me suis efforcé de le rendre accessible au lecteur français.

M'écartant de toute préoccupation de forme, je me suis borné à fixer des images dont la haute signification m'avait frappé. Il me reste à les interpréter, sans que je puisse ambitionner cependant de mettre au jour toute la pensée du grand poète allemand, car cette pensée se perd dans des profondeurs insondables. Je ne consignerai donc ici que les interprétations qu'il m'aura été possible de discerner, en m'appuyant sur la connaissance générale du symbolisme.

D'avance, je me déclare incapable de rendre compte de tout. Mais il est des choses qui me semblent claires, et, les prenant comme points de repère, j'espère arriver à m'orienter dans un labyrinthe, à première vue inextricable.

Les indications déjà fournies par divers commentateurs me seront précieuses, en particulier l'article du Dr August Wolfstieg, intitulé : *Gœthes Märchen von der grünen Schlange,* paru dans les *Monatshefte der Comenius Gesellschaft* de janvier 1912. Je bénéficie également d'un résumé des interprétations de Bielschowsky que je dois à l'obligeance du Dr C. Lauer. Enfin, j'ai reçu communication, de la part de M. Karl-Friedrich Laux, de Mannheim, de l'exégèse théosophique du Dr Rudolph Steiner. Ainsi armé, j'ose affronter une tâche ardue, que j'espère mener à bien avec le concours de mes lecteurs. Car je compte être aidé dans mon travail de divination, par les esprits intuitifs, habiles à percevoir ce qui aurait pu m'échapper. Et mon entière reconnaissance leur serait acquise, si grâce à eux, je parvenais à trouver la solution définitive d'une énigme qui a tant intrigué les admirateurs de Gœthe.

LA CULTURE INITIATIQUE DE GŒTHE

TOUT d'abord, il convient de se demander si Gœthe ne s'est pas amusé à écrire un conte énigmatique, pour l'unique plaisir d'intriguer ses contemporains et de leur faire chercher un ésotérisme dont il n'avait nul souci. Gœthe s'est plu à laisser croire qu'il en était ainsi. Nul n'a jamais pu obtenir de lui le moindre éclaircissement sur la signification du conte. Dans une lettre à Schiller, il se contente de dire : « Puisque les dix-huit personnages impliqués dans l'action sont autant d'énigmes, les amateurs d'énigmes doivent y trouver leur compte. » Puis, tournant en dérision les efforts des exégètes, Gœthe écrit en 1797 : « Plus de vingt personnages interviennent dans le conte. Que font-ils donc à eux tous ? Le conte, mon ami [1]. »

Ce mutisme et cette ironie ne prouvent pas

(1) Mehr als zwanzig Personen sind in dem Märchen geschäftig.

Nun, was machen sie denn alle ? Das Märchen, mein Freund.

que le conte de Gœthe ne fasse allusion à rien. J'ai, au contraire, l'impression que le génial penseur y a traduit ses conceptions les plus intimes, celles qu'il ne se souciait pas de livrer en pâture aux discussions incompétentes. Il aurait alors écrit son conte pour les initiés, pour ceux qui ont appris à déchiffrer les hiéroglyphes éternels de la pensée humaine.

N'oublions pas, à ce sujet, que Gœthe était Franc-Maçon. La Loge « *Amalia* », de Weimar, se fait honneur de lui avoir donné la lumière le 23 juin 1780. Un an plus tard, jour pour jour, il fut promu Compagnon, puis élevé à la Maîtrise le 2 mars 1782, en même temps que son ami et protecteur, le duc Charles-Auguste de Weimar. Le 4 décembre de la même année, il se fit conférer le 4e degré écossais de la Stricte Observance, et, le 11 février 1783, il signa son obligation comme Illuminé [1].

Mais aux approches de la vingtième année, Gœthe s'était initié à toutes les con-

(1) *Gœthe und die Königliche Kunst* von Dr Hugo Wernekke, vormals Meister vom Stuhl der Loge Amalia in Weimar Leipzig, Pœschel et Kippenberg, 1905.

naissances mystérieuses du passé. Passionné alors pour la Kabbale, l'Hermétisme et plus spécialement l'Alchimie, il se plongea dans l'étude des plus célèbres auteurs de la Renaissance. Il voulait découvrir le secret des opérations de la nature et se faire une religion basée sur le résultat de ses découvertes.

Quel travail s'est-il fait dans son esprit au cours des longs mois de recueillement qui lui furent imposés par le délabrement de sa santé de 1768 à 1770 ? N'est-ce point dès cette époque qu'une imagination aussi fertile que la sienne se trouva fécondée de germes qui devaient se développer par la suite ?

Nous savons que le conte qui nous occupe n'a été rédigé qu'en 1795. Mais depuis quand était-il en gestation dans la sphère mentale du poète ? Il se peut, d'ailleurs, que cette gestation ait été inconsciente, sub ou surconsciente, si bien qu'un beau jour Gœthe n'ait plus eu qu'à laisser courir à la fois sa plume et son imagination, pour accoucher d'une œuvre génialement coordonnée. Il a expliqué lui-même que ses plus belles poésies furent le fruit d'une sorte de somnambulisme poétique. Elles se sont présentées sous sa plume sans qu'il les ait cherchées, et, pour ainsi dire, sans qu'il en ait eu conscience [1].

S'il en était ainsi, loin de se moquer des lecteurs du conte, Gœthe leur a livré le fond, et même les profondeurs secrètes de sa pensée. Je crois donc qu'il ne faut pas hésiter à faire l'autopsie du « Serpent Vert ». C'est un animal qui se décompose en pierres précieuses. Tâchons d'en recueillir le plus grand nombre possible.

(1) *Firmery*. Nouvelle collection des classiques populaires. *Gœthe*, page 174. Paris, Société française d'Imprimerie et Librairie.

LE « MÄRCHEN » CRITIQUÉ

ECRIVANT à Schiller, le 4 décembre 1795, M. de Humboldt déplore les lourdeurs du public, qui ne sait pas apprécier le conte récent de Gœthe. Il n'hésite pas à y voir lui-même un chef-d'œuvre du genre, d'un contenu profond, présenté d'une manière si alerte et gentille que l'imagination en demeure fascinée.

Il a cependant entendu blâmer le *Märchen*. Les gens lui reprochent de ne rien dire, de manquer de signification, de sel, de piquant, de n'être qu'un jeu frivole de la fantaisie, dépourvu d'un sens qui puisse être retenu.

Ce jugement philistin donne raison à Gœthe qui, en théorie, s'interdisait de compliquer un conte de profondeur philosophique, ce genre littéraire ne devant viser qu'à divertir agréablement, en faisant oublier les soucis de la réalité. Cette formule nous a valu des contes simples, dépourvus d'ésotérisme, comme le *Nouveau Pâris* et la *Nouvelle Mélusine*, qui n'ont tracassé l'esprit d'aucun exégète, leur objet se bornant à bercer des imaginations placides.

Le *Märchen* n'est plus un candide récit fantastique se plaisant à émerveiller les enfants et à distraire momentanément les grandes personnes de leurs préoccupations absorbantes. S'il n'allait pas plus loin, ce conte serait loin d'être un modèle du genre. Il serait trop long, trop touffu en ses péripéties difficiles à retenir. Le lecteur sans malice s'y perd et demeure ahuri : n'y comprenant rien, il accuse le poète de s'être moqué de lui.

Gœthe n'eut cependant aucune velléité de mystification. Après s'être expliqué avec Schiller sur les règles littéraires qui s'imposent au genre, il s'est mis au travail en laissant libre jeu à son imagination. Or, celle-ci, abandonnée à elle-même, se soucia fort peu du programme convenu. Elle fit preuve d'une géniale indépendance, en s'inspirant de conceptions qui gravitaient dans les sphères lointaines de la mentalité du grand penseur. Représentons-nous des planètes exerçant leur influence, bien que non encore découvertes. C'est ce monde deviné, mais non manifesté à la conscience, qui se reflète en l'imagination des voyants, que sont les vrais poètes : *vates*.

En prenant plaisir à consigner ce qui se présentait de soi-même à sa recherche de péripéties inattendues, Gœthe fut servi à souhait. Le merveilleux lui vint en se coordonnant heureusement, avec cette logique indispensable que le goût impose aux productions de l'esprit.

Dégagé de toute autre préoccupation, l'écrivain ne songea qu'à bien écrire. Il constata que la moindre des choses devient sérieuse dès que l'art s'y applique [1]. Si le sujet du *Märchen* est déconcertant, mal choisi au gré du lecteur peu subtil, la forme en est admirable. Gœthe semble s'être surpassé en cette prose limpide, aux phrases sobres, où aucun mot n'est superflu. Tout porte en ce récit rapide, qui aurait pu s'agrémenter de belles descriptions, d'où alourdissement de ce conte trop substantiel. L'écueil est

(1) Lettre de Gœthe à Schiller, du 26 Septembre 1795.

évité, grâce à une magie évocatrice, puissamment suggestive avec un minimum d'indication. Sans que Gœthe ait eu conscience de s'en soucier, il n'a précisé partout que ce qui devait concourir à guider l'interprétation.

Celle-ci ne peut se baser que sur une étude méthodique du *Märchen,* dont les acteurs doivent être identifiés un à un ou en les rapprochant, afin qu'ils s'éclairent par contraste. Les rôles principaux sont tenus par la belle Lilia, son fiancé, le Vieux à la Lampe et le Serpent. Ce dernier est plus particulièrement mystérieux et son importance justifie le titre de *Conte du Serpent Vert* attribué au *Märchen.*

Pour aider le lecteur à mieux se remémorer les péripéties du drame raconté, je crois utile de répartir celui-ci en six actes.

I. Première nuit.

Ayant éveillé le Passeur, les Feux Follets se font traverser et paient en pièces d'or, qui sont jetées au Serpent, avide de les avaler. Le reptile, que l'absorption de l'or rend lumineux, rejoint les Feux Follets qui achèvent de le gaver du précieux métal.

II. Première journée.

Le Serpent phosphorescent explore la crypte sacrée, où les statues royales lui adressent la parole. Apparition du Vieux à la Lampe, qui accomplit sa mission, puis traverse sans résistance l'épaisseur rocheuse de la montagne pour retourner à sa demeure.

Pendant son absence, sa femme a reçu la visite des Feux Follets, dont l'espièglerie provoque la mort du Carlin.

III. Deuxième nuit.

Rentré chez lui, le Vieux à la Lampe transmue en onyx le cadavre du chien, puis, par l'effet de la Lampe, redore l'intérieur de son habitation, les murs en ayant été mis à nu par les Feux Follets.

IV. Deuxième journée.

Dès l'aube, la Vieille se met en route pour aller acquitter la dette des Feux Follets et porter à la belle Lilia le Carlin d'onyx. L'ombre du Géant lui dérobe un chou, un artichaut et un oignon. Le Passeur n'accepte le compte incomplet des légumes qui lui sont dus, que sur l'engagement que la Vieille prend envers le Fleuve.

Débarqué par le Passeur, le Prince s'achemine vers la belle Lilia en compagnie de la Vieille. Ils traversent le Fleuve sur le Serpent faisant office de passerelle. Avec eux, mais invisibles, les Feux Follets gagnent la rive habitée par la belle Lilia, où le Serpent se glisse à son tour.

Lilia, dont le serin favori vient d'être tué par son contact, ranime le chien d'onyx apporté par la Vieille. Lorsque le Prince approche, il voit avec dépit sa fiancée prodiguer ses caresses à un affreux animal, et, résolu d'en finir, se jette dans les bras de Lilia, préférant la mort à l'état de dégradation qui lui est imposé.

La catastrophe serait irrémédiable sans le Serpent qui forme cercle autour du Prince inanimé ; mais tout serait perdu sans l'arrivée de l'Homme à la Lampe, au moment où disparaît le dernier rayon de soleil.

V. TROISIÈME NUIT.

Jusqu'à minuit, veillée autour du cadavre du Prince, puis transport de celui-ci sur la rive opposée, le Serpent s'étant offert comme pont lumineux à la procession de personnages, tous lumineux eux-mêmes, chacun à sa façon.

Sacrifice volontaire du Serpent, dont la vitalité ranime le Prince. Les pierres précieuses en lesquelles s'est décomposé le corps du reptile sont jetées dans le Fleuve.

La procession se reforme et pénètre dans le sanctuaire creusé au centre de la montagne. Celui-ci entre en mouvement, passe sous le Fleuve et sort de terre sur l'emplacement de la cabane du Passeur.

VI. — MATIN DU TROISIÈME JOUR.

Le Temple s'est érigé de lui-même. Les rois confèrent au Prince leur triple pouvoir d'action, d'esthétique et d'intelligence. Le nouveau règne s'établit. Lilia est heureuse. Ses suivantes lui ramènent la Vieille rajeunie, qui, pour mille ans, redevient la compagne de l'Homme à la Lampe, promu conseiller du jeune Souverain en compagnie du Passeur transfiguré.

Les pierres précieuses provenant du Serpent se sont assemblées dans l'eau du Fleuve pour constituer les piles et les arches d'un vaste pont qui établit la circulation la plus animée entre les deux rives naguère désertes.

Le Géant stupide menace le nouvel ordre des choses, mais il est métamorphosé en statue de porphyre dès qu'il atteint le milieu de la place qui s'étend entre le Pont et le Temple.

Les Feux Follets gratifient de leur or la foule venue admirer les merveilles des temps révolus.

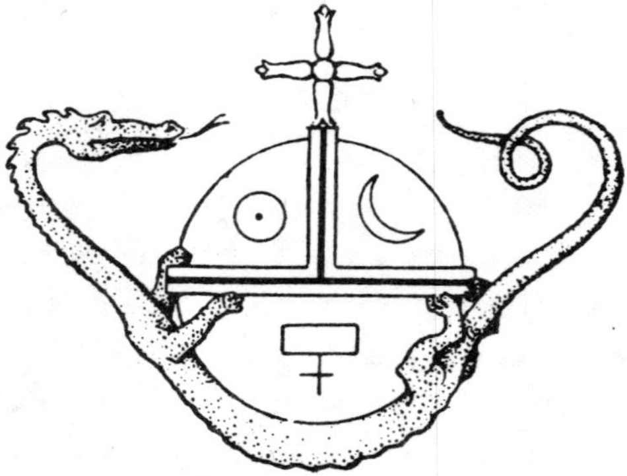

LE FLEUVE
ET SES DEUX RIVES

ESQUISSE TOPOGRAPHIQUE

PERMETTANT DE SITUER LES PÉRIPÉTIES DU MÄRCHEN

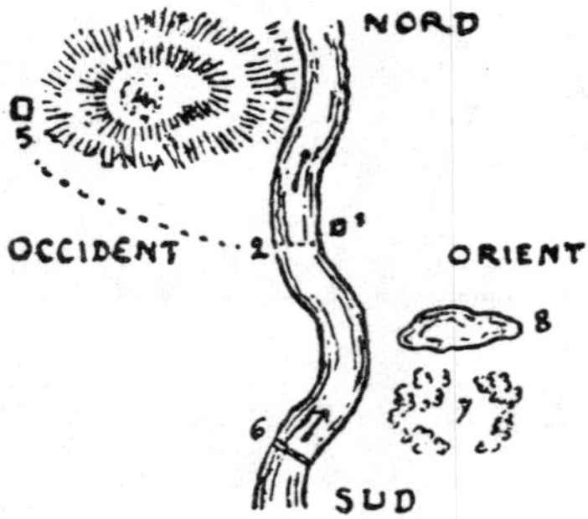

1. Cabane du Passeur.
2. Lieu de passage, emplacement du futur pont.
3. Berge rocheuse, habitacle du Serpent.
4. Montagne renfermant le Sanctuaire.
5. Maison du Vieux à la Lampe.

5 à 2. Trajet de la Vieille, sur lequel porte l'ombre du Géant.

6. Passerelle formée à midi par le Serpent.
7. Bosquets de la belle Lilia.
8. Lac que traverse le Vieux à la Lampe.

POUR la plupart des interprètes du conte de Gœthe, le Fleuve n'est autre que le Rhin, qui sépare deux civilisations. Lilia, c'est l'idéalité française[1], fleur de beauté, suggestive de formes harmonieuses, mais incapable de produire quoi que ce soit de substantiel et de nutritif. Le contact de Lilia est mortel : la guillotine venait, en effet, de régler le sort des idéalistes français. Mais Lilia galvanise les êtres pétrifiés, comme les armées françaises en fournissaient la preuve. Dans le gentil serin qui divertit Lilia, on a voulu voir nos belles-lettres, tuées dans leur forme aimable par l'âpreté de la littérature révolutionnaire, symbolisée par l'Epervier. Messager des idées nouvelles, cet oiseau, empourpré par les derniers rayons du soleil couchant, guide la

(1) S'il en était ainsi, Lilia devrait habiter à l'occident du fleuve, alors que son paradis stérile est situé à l'orient du prétendu Rhin.

marche du Vieux à la Lampe et lui permet d'arriver à temps pour opérer un sauvetage au moment critique. C'est l'épervier qui guettera le lever du jour, pour réveiller les trois dormeuses, en réfractant sur elles la lumière solaire. Or les trois belles suivantes de Lilia auraient nom *Liberté, Egalité, Fraternité.*

Sur la rive opposée, celle de l'expérience et du positivisme pratique, habite un étrange ménage : le Vieux à la Lampe et sa femme. Celle-ci, bonne personne très soucieuse des apparences, se montre accessible à la flatterie et devient le jouet des Feux Follets. Ces flammes légères et mobiles représentent la philosophie raisonneuse du XVIIIe siècle. Elles sont habiles à lécher l'or superficiel, quittes à le répandre ensuite sans discernement, au risque de soulever les eaux du Fleuve ou de tuer le carlin, âme vulgaire, incapable de s'assimiler les vérités émancipatrices.

Le Vieux est un sage instruit de toutes choses, surtout en ce qui concerne le passé. C'est lui qui, intervenant à l'heure voulue, dirigera tout, en vue de la réalisation de l'Idéal et du bonheur universel.

Mais nous voici entraînés de plus en plus

loin d'une interprétation tirée des événements de la fin du XVIIIe siècle. Gœthe était forcément hanté par les idées de son époque, d'où les allusions révolutionnaires teintant le symbolisme d'un conte composé pendant la Révolution. Ce n'est là, cependant, que le côté accidentel de la composition. Si séduisante qu'elle soit au début, l'exégèse politique ne mène pas très loin. Quand on veut la pousser, on ne tarde pas à tomber dans l'incohérence.

Oublions donc le Rhin, la France, l'Empire germanique effondré en la personne du roi composite, et prenons les choses à un point de vue beaucoup plus général.

Dans le large Fleuve, grossi par de récentes pluies, voyons le cours même de la vie, l'actualité en voie d'écoulement, par opposition aux deux rives immobiles, appartenant l'une au passé conservateur de ce qui fut, et l'autre à l'avenir en gestation du non encore existant. Au milieu, contenue entre les escarpements qui la dominent, s'étale l'existence journalière, au cours régulier, prosaïque, mais comportant ses remous et ses tourbillons. L'individu satisfait de se laisser vivre nage dans ces flots tumultueux et peu limpides. Il s'adapte aux coutumes, aux idées reçues, aux préjugés, évitant de se singulariser, de s'insurger contre la mode et le goût du jour. Faire comme tout le monde est la grande règle de la sagesse vulgaire. Si la société humaine était parfaite, la règle serait même absolue.

Mais, hélas ! Jamais le présent, le siècle, n'a réalisé l'idéal. Contraints de reconnaître les imperfections de la réalité pratique au milieu de laquelle ils vivaient, les hommes ont toujours placé leur âge d'or dans le passé ou dans l'avenir, donc sur l'une des rives du grand Fleuve de la vie agissante.

Cette vie est faite de luttes, de compétitions, de flots qui se heurtent, se pressent et se gonflent, semblent se révolter parfois contre eux-mêmes, mais se poussent irrésistiblement les uns les autres.

Le Fleuve coulera-t-il toujours, se hâtant vers l'Océan, les flots succédant aux flots, au milieu des rives immobiles et indifférentes ? En d'autres termes, les nécessités de la vie pratique détermineront-elles seules les destinées humaines, en dehors de facteurs tirés de l'expérience du passé ou des aspirations de l'avenir ?

Gœthe voit le salut dans la construction d'un pont, combinée avec le transport d'un sanctuaire souterrain, qui, passant sous le Fleuve, surgit au grand jour, sur l'emplacement de la cabane du Passeur. C'est nous montrer l'accomplissement du Grand Œuvre dans le rajeunissement des plus anciennes traditions. Les idées nouvelles, si séduisantes qu'elles soient, resteront frappées de stérilité, comme les arbres superbes du jardin de Lilia [1], tant que l'Homme à la Lampe, l'Initié instruit des choses cachées, n'aura pas conjuré le mauvais sort.

La vie humaine collective n'a d'ailleurs rien d'uniforme dans son écoulement. Le courant du Fleuve symbolique est plus ou moins rapide, le niveau plus ou moins élevé, selon

(1) Des arbres, dont les fruits sont des pierres précieuses, composent le verger de Sidouri, la vierge sabéenne, qui tente en vain d'empêcher Gilgamès de s'embarquer sur la mer d'occident et d'aller affronter les eaux de la Mort. Sidouri est une sœur de Lilia, antérieure d'au moins cinquante siècles à l'héroïne du Serpent Vert. (voir Dhorme, *Choix de textes religieux assyro-babyloniens*. Epopée de Gilgamès, Tablette X, Paris, Gabalda, 1907.

l'abondance des eaux. Celles-ci tombent du ciel et y retournent en s'évaporant, circulation perpétuelle, par laquelle s'affirme l'Unité de la Vie, en dépit de l'infinie multiplicité de ses manifestations.

Si nous ignorons la source du Fleuve, aussi bien que son embouchure, nous savons du moins que sa largeur est limitée, alors qu'en partant des deux rives, la profondeur des terres est sans limites concevables : c'est d'une part le recul indéfini vers le passé, et, de l'autre, le champ à jamais ouvert sur l'avenir.

Les indications générales qui précèdent vont nous permettre de passer maintenant en revue chacun des personnages imaginés par Gœthe et de préciser leur signification symbolique.

LE PASSEUR,
SA BARQUE, SA RAME
ET SA CABANE

5
LE PAPE
ה

Il est un homme qui sait dompter le Fleuve, c'est le Passeur, vieux nocher faisant songer à Caron, sauf qu'il n'est pas au service des morts, et que sa barque fend une onde essentiellement vivante. Manœuvrant la rame avec une habileté consommée, il se dirige à son gré au milieu des vagues, sans se laisser entraîner par le courant ou détourner de sa route par les tourbillons. Il maîtrise les flots, mais il est lié envers le Fleuve par un contrat mystérieux, qui l'oblige à lui abandonner le tiers des fruits de la terre exigés en guise de péage de tous les passagers.

Ce pacte avec la vie pratique semble se rapporter aux concessions que le sage est tenu de faire à son siècle, s'il veut exercer utilement son action sur ses contemporains. Le Passeur ne partage pas les illusions de son temps, mais il les utilise pour influencer les masses qu'il domine. C'est un moralisateur, un pasteur d'âmes, un éducateur qui se base sur les idées reçues, fussent-elles superstitieuses à ses propres yeux. Le bois, dont se composent sa barque, sa rame et sa cabane, est mort, mais il est le produit d'une construction effectuée par la vie végétale. A ce titre, il est bien le symbole des superstitions, formes qui survivent à l'idée oubliée dont elles sont nées. La barque figure ainsi la religion en vigueur, les mœurs admises et les préjugés sociaux entourés de respect. C'est un frêle esquif, qui se briserait s'il heurtait un rocher, et dont la durée est éphémère, car le bois se pourrit peu à peu ou tombe en poussière. Mais le nautonier prend soin de sa barque; il la gouverne avec dextérité, évitant les écueils et parant aux secousses des vagues dangereuses.

Sa rame, qu'il conservera plus tard, alors même qu'il n'a plus de barque, est l'instrument indispensable de tout gouvernement. Gouverner, en effet, ne veut pas dire imposer une volonté. Une armée demande à être commandée, mais une nation a besoin d'être gouvernée, et ce n'est aucunement la même chose. Pour commander, la brutalité peut suffire; pour gouverner il est nécessaire que le tact intervienne. Le gouvernement s'adresse à l'âme, le commandement avant tout au corps. L'art du gouvernement est donc un art subtil, dont le vieux Passeur possède le secret.

Bâtie en bois, sa demeure s'élève à proximité du Fleuve, sur la rive de l'avenir. Il faut y voir, non plus la religion faite pour être ballottée à la surface des flots, mais tout l'édifice de la science humaine, érigé en terre ferme, hors du domaine que peuvent atteindre les eaux. Que nos connaissances soient de bois, au même titre que la religion, c'est ce qui ne sera contesté par aucun philosophe ayant médité sur l'infinie vanité des choses. Le Passeur sait à quoi s'en tenir; mais un abri, même en planches, n'est pas à dédaigner, et le repos qu'on y goûte la nuit permet d'affronter les fatigues du jour.

Préposé à tout ce qui passe pour vrai, tant dans le domaine du savoir (cabane), que dans celui de la croyance (barque), le Passeur fait traverser le fleuve à qui veut bien se confier à lui. Grâce à son expérience, on peut en sécurité s'embarquer dans sa nacelle, autrement dit se mettre à son école, bénéficier de son enseignement. Mais ce maître ne conduit que vers le passé (histoire, archéologie, connaissance des systèmes philosophiques et des religions anciennes) ; il lui est interdit de faire traverser le Fleuve en sens inverse, car, s'en tenant aux dogmes établis, il n'oriente pas les esprits vers ce qui est à découvrir. Sa mission n'est pas celle d'un prophète, d'un novateur, d'un rêveur préoccupé de ce qui n'est pas encore. Le Passeur est réaliste en toutes choses, et c'est pourquoi il n'accepte en péage que des fruits de la terre, c'est-à-dire le résultat d'expériences pratiques, immédiatement applicable.

Cependant, il n'a pas le droit de toucher à ces fruits avant que neuf heures ne se soient écoulées. Ce délai passé, il faut qu'il abandonne au Fleuve un tiers de ce qu'il a reçu ; le reste lui appartient.

A quelle gestation ce chiffre neuf fait-il allusion ? Veut-il dire qu'un enseignement, une règle ne doit se tirer des faits, des résultats obtenus, qu'au bout d'un certain temps et après abstraction de ce qui revient aux contingences fortuites ?

Pourquoi les fruits exigés sont-ils trois choux, trois artichauts et trois oignons ? Ces légumes ont-ils été choisis en raison des enveloppes multiples qui les constituent ? Il serait téméraire de vouloir préciser sur ce point un symbolisme qui reste énigmatique.

Les Feux Follets ne sont pas en rapport avec la vie pratique; leur or est en opposition aux produits de la terre, que cultive la prosaïque compagne du Vieux à la Lampe. Choux, artichauts et oignons correspondent à une nourriture spirituelle, adaptée, pour une part, aux besoins immédiats de la clientèle du Sacerdoce (Passeur), mais réservée pour les deux tiers au corps enseignant. Celui-ci n'effectue le triage qu'après une neuvaine consacrée à l'examen de l'ensemble.

Ce qui n'est pas mis en circulation s'accumule au bénéfice des adeptes de l'Art Sacerdotal et les enrichit d'une *Gnose* pouvant expliquer la transmutation finale du bois en argent. L'humble cabane du Passeur ne doit-elle pas occuper la place d'honneur dans le grand Temple qui surgira de terre, quand les temps seront révolus ?

Pour discipliner les masses, l'or philosophique tombant du ciel de l'idéalité pure n'est pas ce qui convient. Des affirmations d'ordre pratique s'imposent aux pasteurs responsables des troupeaux humains. Leur houlette est de bois, allusion aux dogmes, dictés par les nécessités de l'heure et proportionnés à la capacité des intelligences. Tout cela est fragile et corruptible ; mais à la clarté de la lampe du Sage, le vieux bois mort prend valeur de métal de bon aloi, car l'ésotérisme, qui approfondit, discerne le fond véridique secret de toute croyance répandue de bonne foi.

L'homme est d'ailleurs si étroitement limité, qu'il est incapable de mentir intégralement, même quand il s'y applique, à plus forte raison se rattache-t-il au vrai quand il est sincère.

LES FEUX FOLLETS
L'OR ET LE SERPENT

Au milieu de la nuit, des appels impatients réveillent le vieux Passeur ; deux Feux Follets demandent à traverser. Une fois embarqués, ils ne cessent de s'agiter, de rire et d'échanger leurs idées en une langue inconnue, mais avec une extrême volubilité. Que représente ce binaire igné, sinon la vivacité du bel esprit, qui se complaît à discuter sur toutes choses d'une manière brillante, sans rien approfondir ? Pouvait-on mieux symboliser l'esprit français du XVIIIe siècle que par ces joyeux compagnons qui, admis dans la barque religieuse, accablent de sarcasmes le nautonier et s'y démènent comme des diables dans un bénitier ?

Pour payer leur traversée, ils se secouent et font pleuvoir des pièces d'or dans la barque humide. Cela prouve que leur étourderie mérite considération. Ces fous, qui touchent à tout avec frivolité, recueillent des vérités précieuses, qu'ils ne demandent qu'à répandre, sans se soucier des ravages pouvant résulter de révélations intempestives. Une seule pièce d'or, en tombant dans le Fleuve, y aurait déchaîné une révolution. Les illusions religieuses maintiennent l'ordre social ; tout n'est que convention dans la vie pratique ; aussi le Passeur supplie-t-il les Feux Follets de reprendre leur or, dans l'intérêt de sa propre sécurité. Comme, une fois émise, l'idée ne peut faire retour à sa source, le Passeur est contraint, pour éviter une catastrophe, d'éloigner soigneusement de l'eau tout l'or malencontreux.

Porté dans la montagne, cet or lumineux est projeté dans une obscure crevasse, où il est absorbé par le Serpent Vert, dont le corps, à la suite de cette absorption, devient phosphorescent. La vérité, cette fois, n'est pas repoussée : le mystérieux reptile se l'assimile avec avidité, bénéficiant aussitôt d'une illumination magique. Mis en goût, il recherche la provenance de l'or et se met à la poursuite des Feux Follets, sans ménager ses peines et ses fatigues.

Le Serpent figure ici la tradition initiatique instinctive, qui se traduit par un culte de rites et de symboles incompris. L'or englouti et digéré illumine intérieurement et fait saisir la portée des formes pratiquées jusqu'alors par routine, par respect de leur antiquité, en raison aussi d'une vague intuition de leur sens caché. Le philosophisme bavard des Feux Follets a eu sa répercussion sur les rêveurs qui se plaisaient dans les réminiscences d'un passé disparu. Leur attention une fois mise en éveil, ces mystiques ont voulu s'éclairer. Ils se sont approchés des beaux esprits discoureurs, sans craindre, à cet effet, de descendre des hauteurs pour se frayer une route à travers les marécages de la platitude et du charlatanisme.

Le Vieux Serpent semble unir en ses anneaux toute la chaîne d'associations occultes qui, à travers les âges, se sont transmises des usages et des méthodes dont la connaissance devait être dérobée au vulgaire, aux masses charriées par le Fleuve. Le mystère n'a jamais cessé d'avoir ses hiérophantes et ses fidèles, les uns et les autres trop souvent réduits à ne rien discerner au milieu des ténèbres sacrées. Tel fut longtemps le cas de la Franc-Maçonnerie, issue de corporations architecturales du moyen âge qui prétendaient se rattacher aux plus anciens groupements constructifs. Dès le XVIIe siècle, un esprit nouveau pénétra peu à peu la très vieille organisation qui semblait vouée à disparaître. C'est alors que l'or dédaigné par l'enseignement officiel (le Passeur) tomba dans la crevasse où somnolait le Serpent. Celui-ci se hâta de faire siennes les doctrines humanistes de la Renaissance, qui auraient dangereusement agité le Fleuve. Puis, ainsi préparé, il rejoignit les Feux Follets, autrement dit les Encyclopédistes et les beaux esprits raisonneurs, jamais à court d'explications sur tout ce qui semblait mystérieux.

Ces rationalistes, dont le domaine est la verticale (abstraction, théorie, transcendance), éblouissent la pauvre Couleuvre, condamnée à ramper horizontalement, sur le sol du positivisme, du concret et du réalisable. Cependant, comme elle demande aux Flammes légères de la renseigner sur la provenance de l'or, qu'elle suppose tombé directement du ciel, les Feux Follets s'esclaffent, tout en se secouant pour faire pleuvoir des pièces d'or, qu'ils s'amusent de voir dévorées par le Serpent.

Devenu lumineux en cette compagnie folâtre, celui-ci se hâte de regagner la montagne et de se faufiler dans la crypte dont le secret l'intrigue.

L'immense Serpent est inoffensif ; avant d'avoir goûté à l'or, il ne se nourrissait que d'herbes tendres et s'abreuvait d'eau cristalline. Bonne bête que nul ne craint, il est heureux de s'offrir comme pont, à midi, aux amis de la belle Lilia. Il détient un secret ignoré du Vieux à la Lampe, instruit cependant des suprêmes arcanes de la sagesse traditionnelle. Intérieurement illuminé, le grand Python vert a su deviner la parole d'actualité qui permet d'annoncer que les temps sont révolus.

Ce n'est pas une notion d'ordre théorique ou abstrait, mais une évidence devenue sensible, un mot d'ordre universellement acceptable. Le Serpent retrouve la *Parole perdue* rétablissant l'entente constructive entre les ouvriers momentanément désemparés du Grand Œuvre. C'est l'acteur le plus énigmatique du *Märchen*. Il représente une vie distincte de celle qui s'écoule avec les eaux du Fleuve, une impérissable vitalité, manifeste aux initiés pouvant dire : L'acacia m'est connu.

Lorsque le Serpent se sacrifie, il se décompose en pierres précieuses que le Fleuve reçoit sans révolte. Ce sont des matériaux constructifs qui reprennent vie au sein des eaux. Ils multiplient et s'agrègent d'eux-mêmes, pour faire surgir des profondeurs les piles de ce pont merveilleux, indestructible, qui assure le bonheur des peuples. En renonçant à son traditionnel mystère pour se communiquer aux foules devenues initiables, l'Initiation opère l'effectif miracle de l'universelle réconciliation humaine.

LES ROIS
ET LE VIEUX A LA LAMPE

QUATRE statues royales sont les idoles du sanctuaire souterrain. La première, qui est entièrement composée de l'or le plus pur, figure la *Sagesse,* basée sur les vérités éternelles, immuables et inaltérables comme le métal précieux. La seconde correspond aux *Apparences,* aux formes extérieures variables, qui s'imposent par leur charme, leur beauté. Son métal est l'argent. La troisième statue, solide dans sa massivité d'airain, représente la *Force* qui exécute. Nous retrouvons donc ici le ternaire maçonnique *Sagesse, Force* et *Beauté,* puissances destinées à régner sur terre quand la quatrième statue, celle du Roi composite, se sera effondrée.

L'airain, l'argent et l'or fournissent la substance de cette dernière statue, qui symbolise l'opportunisme, régime équivoque, destiné à crouler sous l'action dissolvante de la critique, habile à lui soustraire ses éléments de soutien.

Les Rois posent des questions analogues à celles du rituel maçonnique :

— D'où viens-tu ?

— Des crevasses où réside l'or (de la Loge de Saint-Jean, où j'ai reçu la lumière).

— Qu'y a-t-il de plus splendide que l'or ?

— La lumière (elle est vivante dans son rayonnement, alors que l'or est mort dans sa fixité).

— Qu'y a-t-il de plus réconfortant que la lumière ?

— La parole (le Verbe agissant ne se contente pas d'éclairer l'esprit, il pénètre l'âme et la réconforte).

Le Serpent n'est pas embarrassé pour répondre, car il possède désormais un degré suffisant d'instruction initiatique. Il n'est cependant pas instruit de tous les secrets. Le véritable Maître du mystère est un chétif vieillard, vêtu en paysan, et porteur d'une petite lampe dont la suave lumière projette une clarté enveloppante ne laissant place à aucune ombre. Ce personnage, qui passe à travers le roc sans rencontrer de résistance et glisse sur l'eau sans y enfoncer, ne semble guère matérialisé. Il fait songer à l'Ermite du

Tarot, prudent vieillard qui cache sa lanterne sous son manteau de philosophe, pour n'en montrer la lumière qu'à bon escient.

Lorsque, brusquement, l'Homme à la Lampe sort de la paroi rocheuse de la crypte, le Roi d'or lui demande :

— Pourquoi viens-tu, puisque nous avons de la lumière ?

— Vous savez qu'il m'est interdit d'éclairer les ténèbres.

Le Vieux personnifie l'Esprit initiatique supérieur aux individus. On peut, dans une certaine mesure, l'assimiler à *Hiram,* le Maître immortel qui ressuscite dans l'adepte suffisamment éclairé. Le Serpent, c'est-à-dire l'association des Initiés, malgré tout l'or qu'il a pu s'assimiler, n'éclaire qu'à très courte distance. Sa phosphorescence lui permet de reconnaître les objets les plus rapprochés, mais il faut qu'une autre lumière intervienne pour que l'ensemble du Sanctuaire soit illuminé et que rien ne reste dans l'ombre. Il s'agit cette fois d'une lumière intégrale, de la « *Vraie Lumière* », comme disent les Maçons.

Cette lumière ne peut se manifester au sein de l'obscurité complète ; mais un commencement de clarté initiatique fait appel au Vieux à la Lampe, qui achève l'initiation en conférant la Maîtrise.

Esprit pénétrant, il a le don de prévoir l'avenir. Il sait que le règne du Roi d'Argent n'est pas près de prendre fin, car les hommes risquent bien de n'être jamais gouvernés par la raison pure (or). Les apparences et leurs illusions continueront à les dominer vraisemblablement toujours.

Quant au Roi d'Airain (Volonté qui exécute), son heure est proche. Une fois levé, il devra s'allier avec ses frères aînés, le Roi d'Or (Sagesse qui approfondit) et le Roi d'Argent (Art qui séduit les âmes). Dès qu'il sera debout, il mettra fin au règne du Roi composite (compromission, incohérence opportuniste).

L'Homme à la Lampe connaît trois secrets. Il est probable qu'il s'agit des réponses à la triple énigme du Sphynx : D'où venons-nous ? Que sommes-nous ? Où allons-nous ? La première question intéresse plus particulièrement le Roi d'Or, qui remonte aux principes, aux vérités nécessaires d'où dérive la Sagesse, autrement dit la connaissance rationnelle. Pour le Roi d'Argent, qui s'en tient à la surface des choses et à l'effet qu'elles produisent, le secret le plus important se rapporte aux phénomènes constatables. Or, les progrès de la science nous révèlent le mystère de ce qui existe et nous font comprendre ce que nous sommes. Le Roi d'Airain lancera l'éclair de sa volonté, ou brandira sa massue (frappera un coup de maillet), quand il sera fixé sur l'objectif à poursuivre, quand il saura où nous allons.

Le Roi composite se désintéresse de ces questions, car il manque de raison d'être et ne subsiste qu'à la faveur d'un illogisme nécessairement fragile et transitoire.

Les Rois sont des statues immobiles, érigées dans des niches. Ils attendent que le Vieux leur communique son triple secret; mais l'Initié doit se taire tant que la Parole perdue n'est pas retrouvée.

Or, le Serpent détient le quatrième secret; il le siffle à l'oreille du Vieux, qui clame alors d'une voix formidable: « Les temps sont révolus! »

Quel mot magique le Serpent avait-il donc surpris ? L'or provenant des Feux Follets a pu lui suggérer un vocable synthétique, indice d'un certain état d'esprit atteint par la mentalité humaine. Les hommes, en nombre suffisant, ont-ils pris conscience de leur solidarité ? La parole qui annonce que l'heure du renouvellement est venue serait alors « *Humanité* ». La notion du Grand Œuvre constructif humanitaire est-elle devenue lumineuse dans l'esprit des penseurs ? Le mot sacré pourrait alors équivaloir à « *Travail* ». Sur ce point, le champ reste ouvert aux conjectures, car le Vieux seul a recueilli le secret du Serpent.

Secret formidable, mot d'ordre d'une création nouvelle, d'une rénovation intégrale du monde. Son énoncé à voix basse, ébranle le Sanctuaire, d'où se retirent, en sens opposé, le Vieux et le Serpent, chacun traversant à sa manière la masse rocheuse de la montagne. Le Vieux s'enfonce vers l'Occident et le Serpent vers l'Orient. Le Serpent retourne ainsi à la source de la lumière émancipatrice qui dissipe les ténèbres de la nuit. Ce qu'il s'est assimilé de la Tradition va lui permettre de lutter contre les préjugés, de combattre les erreurs qui s'opposent à la réalisation de l'idéal désormais formulé. Quant au Maître spirituel, il regagne le domaine des esprits, ce mystérieux Occident où Osiris disparaît. Son passage à travers la montagne y laisse un couloir comblé d'or, par la clarté de sa lampe qui transmue les pierres en or, le bois en argent et les animaux morts en minéraux précieux, à la condition toutefois de ne se combiner avec aucune autre lumière. Le rayonnement de la Lampe magique perd, en effet, sa vertu transmutatoire dès qu'il se combine avec d'autres radiations, car il se contente alors d'éclairer très agréablement, tout en pénétrant les êtres vivants d'ondes réconfortantes (fluide vivifiant).

Il s'agit bien ici du Verbe, envisagé dans son irradiation vivifiante, autrement dit du *Grand Mercure des Sages,* qui pénétrant partout, éclaire les intelligences réceptives et stimule toute ardeur généreuse. Cet agent, pourvu qu'aucune autre influence ne s'associe à la sienne, transforme en or spirituel toute pierre, c'est-à-dire toute substance bonne à concourir à la construction humanitaire, au sens où l'entendent les Francs-Maçons. Déposez vos métaux, symboles de ce qui pervertit et rend cupide, ils seraient anéantis par la lumière initiatique ; isolez-vous du monde profane et de son influence corruptrice, afin qu'Hiram vous illuminant, le Grand Œuvre s'accomplisse en vous !

Produit de la vie végétale, le bois mort se transmue en argent sous l'action du Grand Agent magique universel. La forme éphémère qui survit se trouve alors fixée en beauté : l'Art est intervenu pour stabiliser et donner une valeur durable aux apparences, aux fictions et aux illusions esthétiques.

Mais comment un animal mort peut-il se pétrifier en un objet précieux ? Le Carlin va nous l'apprendre.

LA VIEILLE ET LE CARLIN

LA parole fatidique apportée du dehors ayant retenti dans le sanctuaire intérieur de la Montagne, le Vieux à la lampe est mystérieusement poussé vers l'extérieur, dans le sens de l'Occident.

Nous le retrouvons aussitôt dans sa maison, construite contre le flanc de la Montagne initiatique, et qu'un couloir, désormais comblé d'or, relie à la crypte centrale où attendent les Rois.

Cette maison n'est plus une chétive cabane de planches comme la demeure du Passeur. Le logis du Vieux à la Lampe se compose de pierres solides extraites de la Montagne, qui elle-même est en contraste avec le Fleuve. Celui-ci représente ce qui s'écoule en s'adaptant aux circonstances, variant sans cesse, comme les modes et les opinions, selon le caprice de l'actualité; ce domaine, nous l'avons vu, est celui du Passeur.

La Montagne symbolise tout le contraire, donc ce qui est fixe et invariable. Sa masse rocheuse recouvre le Sanctuaire de l'ésotérisme le plus profond, où les principes immuables (statues des Rois) se tiennent figés en une immobilité hiératique. Ténébreux par lui-même, ce centre est isolé de la lumière extérieure par toute la hauteur et l'épaisseur de la Montagne. Mais cet amas de minéraux est librement traversé par le Vieux à la Lampe, donc par l'esprit capable d'éclairer, autrement dit de discerner, de comprendre lui-même et de faire comprendre à autrui. Il s'agit bien du *Maître,* dont l'habitation s'appuie à l'extérieur de la Montagne, si bien qu'elle est, à ce point de vue, en opposition avec le Sanctuaire intérieur. Celui-ci correspond aux profondeurs que la pensée s'efforce d'atteindre en se repliant sur elle-même, en descendant jusqu'au fond de l'insondable puits où la vérité se cache. La maison du Vieux ne serait que la margelle de ce puits, ou, si l'on préfère, la doctrine initiatique, formulée en système (construction) rendu accessible à l'intelligence humaine.

La demeure du Vieux est donc un édifice intellectuel, tout comme la cabane du Passeur. Mais celle-ci n'est qu'un échafaudage de connaissances pratiques, basées sur une observation superficielle, sur un empirisme le plus souvent grossier, alors que la maison est solidement bâtie, à l'aide de blocs taillés d'équerre. Il y a là une coordination méthodique de vérités éprouvées, autrement dit une philosophie durable, à l'épreuve des siècles et de toutes les variations de la fantaisie humaine.

Le Sage par excellence partage cette demeure avec une épouse qui se montre accessible à toutes les faiblesses féminines. Il la trouve en larmes parce que, durant l'absence du mari, les Feux Follets ont abusé de la confiance de l'excellente femme pour lécher les murs du logis et les dépouiller de tout leur or superficiel.

Cette espièglerie commise, les galantes Flammes, en trépignant de gratitude, s'étaient frénétiquement agitées. Comme les fruits tombent d'un arbre que l'on secoue, des pièces d'un or lumineux avaient aussitôt roulé sur le sol. Malheureusement, le chien de la maison s'était précipité sur le métal, dont l'absorption l'avait tué, d'où le chagrin de la compatissante Vieille, qui ne s'était pas immédiatement aperçue du méfait des Feux

Follets, et, cajolée par eux, avait accepté d'acquitter leur dette envers le Passeur.

Refusant l'or, celui-ci réclamait trois choux, trois artichauts et trois oignons. Ces produits de la terre ont une valeur nutritive et représentent vraisemblablement un aliment spirituel répondant aux besoins de la foule qu'entraîne le Fleuve. Si nous comparons entre eux les trois légumes, nous remarquons que l'oignon se développe en terre, mais à très faible profondeur, alors que l'artichaut est un fruit nettement aérien et le chou un épanouissement végétal ne s'élevant guère au-dessus de la surface du sol. Le chou semble dès lors faire allusion aux notions utilitaires les plus banales, l'artichaut, qui ne saurait croître dans le domaine de Lilia, pourrait figurer les théories empiriques de la science appliquée, provisoire et superficielle. L'oignon, enfin, correspondrait aux sentences peu approfondies de la sagesse courante.

La ménagère du Sage possède tous ces légumes dans son potager, car elle personnifie l'intelligence pratique, celle qui ne cherche pas à remonter aux principes abstraits et se contente de coordonner les observations qu'elle peut faire dans le domaine du concret.

La visite des Feux Follets s'explique par leur détresse : ils ont pris plaisir à se dépouiller de tout leur or en faveur du Serpent. Ayant extériorisé tout ce qu'ils possédaient, ils deviennent avides de connaissances nouvelles. La maison du Sage leur permet de se gorger de vérités d'un ordre plus élevé ; aussi trouvent-ils à l'or philosophique qu'ils y lèchent bien meilleur goût qu'à l'or commun.

Cet or supérieur n'en est que plus fatalement mortel pour le pauvre Carlin, bonne bête dévouée, qui, à l'encontre du Serpent, ne s'assimile pas le métal lumineux. C'est que le fidèle compagnon de la Vieille, animal ramassé sur lui-même, n'est pas initiable comme le Serpent, bête subtile, allongée, souple, insinuante. La fidélité du chien se rapporterait-elle donc à la crédulité, à la foi naïve qui admet sans comprendre et perpétue les pieux usages, à la routine, conservatrice des formes dont la signification s'est perdue ?

Après avoir soigneusement recouvert de cendre les braises encore ardentes du foyer et fait disparaître les pièces d'or lumineuses que le Carlin n'avait pas avalées, le Vieux expose l'intérieur de sa demeure à la seule clarté de sa lampe. Rapidement les murs se recouvrent alors d'un nouvel or non moins pur que le précédent. Qu'importe, en effet, que des vérités initiatiques tombent dans le domaine public, colportées par les beaux esprits ou les philosophes vulgarisateurs ? Le mystère est inépuisable ; ce que l'esprit en discerne devient Or philosophique.

Mais comment le Carlin, tout en conservant ses apparences extérieures, est-il pétrifié dans sa substance ? Si, réellement, à l'état vivant, sa fonction était d'accomplir les rites sacrés sans les comprendre, donc instinctivement, par piété superstitieuse, on conçoit qu'il n'ait pas pu supporter la lumière intérieure, absorbée avec l'or des Feux Follets. Ce rationalisme, qui veut se rendre compte du pourquoi des choses, tue la spontanéité. La forme extérieure tomberait désormais en décomposition sans le Vieux à la Lampe, qui en pénètre le sens, et la fixe par ce fait, en lui donnant la valeur d'un minéral précieux et translucide (onyx).

LE GÉANT ET SON OMBRE

0 LE FOU ש

NE pouvant rendre la vie au Carlin, le Vieux charge sa femme de porter le chien pétrifié à Lilia, qui a le pouvoir de le ranimer par son attouchement. A cette occasion, le Passeur doit recevoir les légumes qui lui sont dus. La Vieille transporte les divers objets dans une corbeille placée sur sa tête. Cette manne est un singulier réceptacle : il s'allège de tout ce qu'il contient de mort, comme le Carlin en onyx, mais s'alourdit à l'excès sous le moindre poids d'un objet vivant. A la longue, les quelques légumes fraîchement cueillis accablent la messagère. Elle n'en avançait pas moins, surmontant sa fatigue, lorsqu'elle aperçut le Géant, qui venait de se baigner dans le Fleuve, et dont le soleil levant renvoyait jusqu'à elle l'ombre redoutable. Sans qu'elle pût s'y opposer, cette ombre irrésistible prit dans la corbeille un chou, un artichaut et un oignon, que le Géant dévora en s'esclaffant niaisement. La Vieille ne put ainsi fournir son compte au Passeur, qui l'astreignit à prendre envers le Fleuve l'engagement d'acquitter la dette des Feux Follets dans les vingt-quatre heures.

La corbeille que la Vieille porte sur sa tête, parfois sans qu'il y ait contact, figure cette substance psychique extériorisable, à l'aide de laquelle la Magie opère ses prodiges. Il s'agit d'une émanation fluidique connue des magnétiseurs et des occultistes, condensation plus ou moins dense de lumière astrale ou de substance psychique. Cette lumière animique s'obscurcit lorsqu'elle est concentrée ou coagulée, car elle se rapproche alors de la matière. Plus, au contraire, elle est distendue, donc éthérée ou spiritualisée, plus elle devient lumineuse. Ainsi s'explique l'augmentation du pouvoir lumineux de la corbeille au fur et à mesure de son étirement par le Vieux et la Vieille, qui, comme nous le verrons plus loin, l'allongeront pour arriver à y placer le cadavre du Prince.

Ce qui est mort, non seulement ne pèse rien dans cette corbeille, mais soulève encore légèrement celle-ci au-dessus de tout point d'appui. Cela ne peut se produire qu'en raison de la force ascensionnelle inhérente aux formes qui ne sont plus rattachées à la vie transitoire et grossière. Transmué en un merveilleux objet d'art, le Carlin d'onyx se trouve « astralisé » et la Vieille le transporte dans sa sphère imaginative (la corbeille) sans la moindre fatigue. Les légumes frais, au contraire, sont attirés vers le sol par la vie qu'ils ont en eux, vie inférieure, qui a ses racines dans le feu central, ardeur souterraine ou infernale.

L'ombre du Géant n'est puissante que le matin et le soir ; à midi elle est trop courte pour exercer une action efficace.

Il s'agit donc d'une force opposée à la pleine lumière de la raison, au positivisme qui éclaire crûment les choses et les montre telles qu'elles sont. Mais quel est ce « négativisme » capable de produire des effets, de jouer des tours désagréables aux uns et de rendre des services, le cas échéant, à d'autres ?

L'ombre se rapporte à ce que la raison n'éclaire pas, donc à ce qui reste inexpliqué. Ce mystère devient agissant aux heures où l'intelligence est inquiète, soit qu'elle se réveille timorée (matin), soit qu'elle succombe à la lassitude (soir). L'ignorance alors exerce son empire sous forme d'illusions, de chimères et de superstitions de mille sortes. Ne faut-il pas voir un effet de l'ombre du Géant dans la puissance de craintes injustifiées, propagées parmi des émotifs faciles à terroriser ? Certaines associations bénéficient d'un formidable prestige de terreur, surtout en raison de la crédulité ignorante de leurs adversaires. Jésuites et Francs-Maçons ne seraient-ils pas dans ce cas ? Rien de surprenant à ce que la Vieille soit victime de semblables fictions, puisqu'elle personnifie surtout l'impressionnabilité imaginative.

Mais l'ombre du Géant peut aider aussi à traverser le Fleuve. En se berçant d'illusions, on arrive, en effet, à se faire transporter au-dessus du courant de la vie pratique, pour gagner la rive de l'Idéal, domaine de la belle Lilia. Il est à remarquer que les personnages du conte de Gœthe n'ont point recours à ce moyen connu, mais sans doute équivoque, de franchir l'onde mouvante de l'écoulement vulgaire des choses.

Le Géant se baigne dans le Fleuve et n'en quitte point les bords. Il est d'ailleurs confiné à la rive du passé, comme s'il en était le gardien. La routine, les préjugés, les impulsions irraisonnées de l'atavisme exercent, en réalité, l'action irrésistible de son ombre, alors qu'il correspond lui-même à la foule, masse géante paralysée intellectuellement, et par elle-même d'une impuissance absolue pour soulever idéalement la moindre chose.

Ce n'est pas tout. N'exerçons-nous pas une puissance occulte inconsciente ? Sommes-nous inactifs quand nous dormons ? Après avoir épuisé tous nos moyens d'action manifeste, ne serions-nous pas capables d'agir dans le mystère ? Dans son ignorance, l'instinctif peut mobiliser de redoutables énergies. Il devient thaumaturge, provoquant des désordres, tant qu'il est livré à lui-même, mais devient apte à rendre service à qui sait profiter de ses talents anormaux.

Analogue à celui du Tarot, ce Fou obéit à ses impulsions et aux habitudes qu'il a contractées. Profane, rebelle à l'initiation, il finit pétrifié devant le Temple, en gnomon, dont l'ombre inoffensive indique les heures du jour. Faut-il entendre par là que les pouvoirs occultes seront domestiqués, quand ils cesseront d'être mystérieux grâce au triomphe de la vraie lumière humaine ?

Le Géant n'est pas méchant, car la méchanceté ne prend corps en aucun personnage du *Märchen*. Le mal n'est pas intentionnel ; il ne résulte que d'erreurs commises faute de discernement.

Sachons conquérir la Lumière. Quand elle éclairera tous les hommes, ils se corrigeront de leurs travers, deviendront bons et mériteront d'être heureux, car ils ne sont pas maudits et ne tombent que pour se relever glorieusement. Mais la vie individuelle est courte, alors que l'Art rédempteur est long et difficile.

LE PRINCE
ET LA BELLE LILIA

APRÈS une longue attente, la Vieille, soucieuse d'acquitter la dette des Feux Follets, voit enfin approcher la barque fatidique. Un étrange passager, jeune homme de gracieuse tournure, l'intrigue alors au suprême degré. Revêtu d'une cuirasse brillante, qui n'entrave en rien la souplesse de ses mouvements, il porte un manteau de pourpre. Seule, une chevelure brune, aux boucles légères, garantit son visage des ardeurs du soleil ; de ses pieds nus, il foule le sable brûlant sans y prendre garde, les douleurs physiques semblant s'effacer pour lui devant l'accablement des peines morales. Privé de couronne, de sceptre et de glaive, ce Prince a perdu toute sa puissance d'action. Sorte de fantôme, il ne vit plus que pour aimer celle dont le regard lui a ravi toute énergie agissante.

Si nous cherchons un personnage analogue dans le Tarot, nous y rencontrons successivement *le Bateleur* (I), *l'Amoureux* (VI), *le Maître du Chariot* (VII) et *le Pendu* (XII). Sous

ces multiples aspects, le principe conscient, destiné à gouverner nos actes et à régner sur le corps, est symbolisé à des points de vue différents. C'est ainsi que *le Bateleur* se rapporte à la cause pensante initiale, génératrice de nos idées, images factices, représentations purement mentales, avec lesquelles jongle à jamais notre intellect. En tant qu'*Amoureux*, c'est l'arbitre moral, qui, sollicité en sens opposés par les attractions qu'il subit, fixe son choix, pour fixer les désirs d'après lesquels se détermineront ses actes. Quant au *Maître du Chariot*, qu'une cuirasse protège tout comme le fiancé de Lilia, il représente le principe d'autonomie, coordinateur des forces qui s'associent dans l'individualité. Mais, pour diriger le char de l'organisme, l'esprit animique doit

porter le diadème de l'intelligence et tenir le sceptre de la volonté.

Or, le Prince déchu n'a plus rien de ce qu'il faut pour gouverner ; à peine capable de se diriger lui-même, il chemine péniblement à pied, sans chaussures, perdu dans un rêve, qu'il est impuissant à réaliser. Son état est, en réalité, celui du *Pendu*, qui, les bras liés, se balance entre ciel et terre, accroché par un pied au gibet de l'idéalité. La *Mort initiatique* (XIII) peut seule mettre un terme à l'impuissance de ce supplicié ; il est donc nécessaire que le Prince consente à mourir. Le dépit de voir Lilia prodiguer ses caresses au Carlin d'onyx [1], qu'elle vient de ranimer par son contact, provoque la catastrophe.

La Beauté parfaite n'est pas compatible avec la vie orga-

(1) Ce chien fidèle, dont l'or des Feux Follets provoqua la mort et que pétrifia la lumière initiatique, représente la piété

nique ; elle ne se réalise qu'idéalement, dans l'abstrait, domaine de Lilia. Celle-ci tue les vivants, tenus de s'écarter de la perfection, car ils ne peuvent vivre qu'en s'adaptant aux contingences imparfaites, entachées de laideur. Mais, en idéalisant les formes mortes, Lilia les vivifie en leur communiquant le rythme de sa magique beauté. Dans son jardin, tout est beau, mais rien n'est fécond ; les arbres y sont splendides de feuillage, mais ils ne portent pas le moindre fruit. L'Idéal, c'est l'irréel, que l'Art cependant doit réaliser. Il faut que l'Artiste, le Prince, épouse Lilia, et, puisque celle-ci donne la mort, il ne doit pas craindre de mourir, en se jetant résolument dans les bras de sa bien-aimée.

Savoir mourir, tel est, en effet, le suprême secret de toutes les initiations. Pour se

conservatrice des rites incompris. Par son contact, Lilia ranime la forme figée : elle lui donne une âme, une vie esthétique ; mais elle ne peut communiquer la chaleur vitale, comme le Prince qui, en portant le Carlin, l'avait réchauffé.

relever de sa déchéance et reconquérir toutes ses prérogatives d'être divin, il faut que l'homme meure à tout égoïsme, même légitime. Renonçant à lui-même, à son *moi* et à tout ce qui s'y rattache, l'individu doit s'évanouir en se fondant dans l'universalité, qui, s'il revient à la vie, se réfractera désormais en lui.

La mort du Prince plonge tout d'abord Lilia dans une consternation muette : tout semble irrémédiablement perdu pour elle qui ne conçoit aucun remède à la situation. Pétrifiée de douleur, elle est incapable fût-ce de pleurer ou de se lamenter. L'intervention des trois gracieuses jeunes filles qui servent la Beauté suprême met fin, cependant, à ce premier état de stupeur. L'une d'elles apporte le pliant d'ivoire, trône portatif, qui permet à Lilia de s'asseoir, donc de se reposer et de se recueillir. Or, la fiancée du Prince, lequel personnifie l'Esprit animique, ne saurait être que l'Ame spirituelle, à laquelle se rapporte l'*Impératrice*, Arcane III

du Tarot. Cette essence lumineuse, source de nos inspirations les plus élevées, doit se marier au feu vital intérieur (Soufre des Alchimistes) représenté par l'*Empereur* (IV), en qui ressuscitera le Prince.

S'étant assise, donc immobilisée, apaisée, calmée, ramenée, pour ainsi dire, à elle-même, Lilia-Psyché reçoit un voile couleur

de feu, parure qui rehausse encore son irrésistible charme. Une ambiance ignée stimule désormais sa pensée, et va mettre ses doigts d'eux-mêmes en mouvement, dès que la harpe lui aura été remise. La première des trois Grâces revient alors avec le miroir, où Lilia se contemplera dans sa douloureuse, mais d'autant plus poignante et adorable beauté. S'exaltant à sa propre vue, l'âme souffrante trouve les plus sublimes accents de l'art. L'intellect raisonnant étant mort en la personne du Prince, la sentimentalité pure s'épanche en une musique impressionnante qui transmet aux auditeurs l'émotion éprouvée. Par le fait de cette transmission, une détente se produit ; l'exaltation de Lilia tombe et ses larmes coulent ; il y a retour sur soi-même et à la réalité.

Hélas ! le jour baisse et, dès que le soleil aura disparu, le cadavre du Prince ne sera plus préservé de la putréfaction, si l'Homme à la Lampe n'intervient pas à temps. Apollon s'oppose, en effet, à toute corruption. Pour empêcher celle-ci de s'attaquer au corps d'Hector, il envoie son Serpent planer au-dessus du cadavre qu'Achille traîne ignominieusement sous les murs de Troie. Le Serpent Vert protège d'une manière analogue le Prince inanimé, autour duquel il s'est hâté de former le cercle ; mais cette protection n'est efficace que tant que le soleil reste au-dessus de l'horizon. Si la nuit survient avant que la lumière de la Lampe magique ne se substitue à celle du jour, l'œuvre de la décomposition commencera, sans qu'il puisse désormais y être porté remède.

Le Soleil est ici considéré comme le vivificateur universel. Tout ce qui est vivant est en rapport avec lui ; il préside à la croissance des êtres, à leur construction organique. Son influence constructive s'oppose donc à la dislocation des composés. Sa chaude lumière est synthétique ; elle unit et maintient l'harmonie.

Le Serpent solaire n'est autre que le fluide vital imprégné de lumière constructive, donc de forces s'opposant à la putréfaction. En absorbant l'or des Feux Follets, le Serpent Vert (couleur de Vénus, déesse de la génération et de l'exubérance vitale) est devenu lumineux. Il s'est donc mis au service d'Apollon et n'hésitera pas à se sacrifier, l'heure venue, à la revivification du Prince.

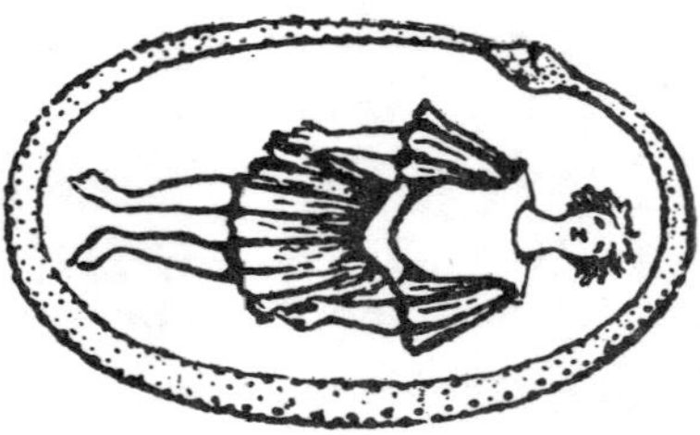

LE SERIN ET L'ÉPERVIER

DEUX oiseaux interviennent dans le conte de Gœthe : le premier accompagne le chant de Lilia par ses touchantes modulations ; ce n'est qu'un humble petit Serin dressé à se poser sur la harpe de sa maîtresse, sans jamais toucher celle-ci, dont le contact donne la mort. Le second est un autour ou épervier, qui, fendant soudain l'air au-dessus du minuscule chanteur, sans en vouloir à celui-ci, n'en est pas moins cause d'une catastrophe. Terrifié, le serin se réfugie, en effet, contre le sein de Lilia et meurt instantanément.

Il y a opposition manifeste entre ces deux oiseaux ; timide, affectueux, sentimental, l'un s'attache à la jeune fille malheureuse qui personnifie les aspirations les plus élevées de l'âme ; farouche, hardi, cruel, l'autre devient le compagnon d'infortune du Prince désespéré de ne pouvoir réaliser l'idéal qu'il conçoit.

Si le lecteur veut bien se rapporter à ce qui a été dit plus haut d'un troisième animal, le Carlin, il éprouvera moins de difficulté à discerner la portée symbolique du Serin et de l'Epervier.

Le fidèle gardien du logis de la Vieille nous a paru correspondre aux pratiques cultuelles, donc à la piété matérielle, qui accomplit les rites par routine, sans se préoccuper de leur signification. L'or des Feux Follets, qui éclaire intérieurement, tue l'honnête fétichisme instinctif, que réhabilite le Vieux à la Lampe, non en le faisant revivre, mais en le fixant par la pétrification translucide de son organisme. Autant dire que le sage ne méprise rien, parce qu'il sait tout comprendre. Quand les croyances sont mortes, il s'intéresse aux superstitions, que la Beauté, pour son agrément particulier, pourra galvaniser en leur communiquant une vie sans chaleur. L'affreux chien, revivifié par Lilia, indignera d'ailleurs le Prince, et provoquera la catastrophe redoutée, indispensable à la rédemption générale.

Métamorphosé en onyx, puis ranimé par le contact de Lilia, le Carlin s'efforce de remplacer auprès de celle-ci le gentil petit Serin qui s'associait à son chant. Mais les gambades du chien ne sont une distraction que pour les yeux ; il s'agite fort plaisamment, mais il reste glacé. Le pauvre Serin, lui, vibrait ; ses modulations étaient chaudes et allaient au cœur. Il représentait auprès de la Beauté pure le sens artistique, l'abandon de l'âme qui se rend sensible à la perception du Beau. Sans doute, les œuvres de cet enthousiasme ou de ce mysticisme esthétique restent imparfaites ; mais elles consolent Lilia, qui, par elles, se sent comprise, et ne demande qu'à encourager un culte sentimental, autrement élevé que les jeux grossiers du Carlin.

Mais un oiseau rapace, au regard perçant, effarouche le chanteur. C'est la critique dévorante, qui voit trop clair et veut raisonner les choses du sentiment. Elle est impitoyable à tout abandon mystique et coupe brutalement le courant qui entretient l'inspiration. La logique, qui prétend expliquer l'Art, est mortelle pour la manifestation artistique, basée sur le développement de la sensibilité, non sur le calcul ou le raisonnement.

Un regard courroucé de Lilia suffit pour paralyser, au moins momentanément, l'Epervier. Nous ne raisonnons pas, en effet, sans nous appuyer sur le sentiment. Livré strictement à lui-même, le raisonnement se stérilise. Mais l'Esprit conscient, dont le Prince malheureux est la personnification, recueille l'oiseau maudit, qui retrouvera la force de s'élever dans les airs, pour s'empourprer des derniers rayons du soleil couchant. Quand la nuit se fera dans les consciences troublées, les raisonneurs auront donc pour mission d'encourager ceux qui, comme le Serpent, attendent le salut d'une résurrection des choses disparues mais dignes de revivre. Le rationalisme sera chargé aussi de réveiller les dormeuses, c'est-à-dire les trois Grâces, compagnes de Lilia ; il saura enfin éclairer le Temple au moment propice, et révéler aux foules la transfiguration qui s'est accomplie pour leur bien.

Quand la détresse est à son comble, c'est du reste l'Epervier qui sauve la situation. Grâce à lui, l'Homme à la Lampe pourra survenir au moment précis où sa présence devient indispensable, car l'oiseau qu'éclaire encore le soleil disparu aura guidé ses pas. Bien qu'impuissants à porter remède directement, les raisonneurs ont donc du bon : ils signalent le mal et appellent au secours.

L'INTERVENTION DU MAITRE

XVI

DÈS que sa Lampe merveilleuse pétille, le Vieux, qui habite loin du monde, comprend qu'un appel lui est adressé. Il sort alors de sa demeure et observe le ciel, pour y découvrir le signe révélateur de son orientation, puis il se porte sur le lieu où il est attendu. La distance semble d'ailleurs ne pas plus exister pour lui que les lois de la pesanteur ; aussi glisse-t-il à la surface de l'eau comme si elle était gelée. Rien ne saurait indiquer plus nettement la nature spirituelle du mystérieux Initié à la Lampe. Ce n'est pas un homme au sens ordinaire du mot, mais bien l'Homme transcendant de la Kabbale. Dans un élan du cœur, Lilia l'appellera « Saint Père », parce qu'elle reconnaîtra en lui le *Père Céleste,* non pas précisément le principe créateur des théologiens, mais plutôt la *surconscience,* dont le domaine est illimité, par rapport à la conscience agissante (le Prince), qui, dépendante de l'organisme, est renfermée dans la sphère décrite par l'étroit rayon de nos constatations objectives.

En cas de détresse, par suite de l'évanouissement du principe conscient proposé au gouvernement de la personnalité (mort du Prince), l'âme spirituelle (Lilia) et la vitalité ou l'instinct de conservation (Serpent Vert) attirent désespérément à eux l'entité céleste qui se rattache à l'individualité incarnée. Formulée ou non, la prière sollicite alors « notre Père qui est aux cieux », autrement dit le Vieux à la Lampe, lequel, dans sa spiritualité, est particulier à chaque individu, tout en étant commun à tous les êtres.

Le principe invoqué ne prétend à aucune toute-puissance. Il s'exprime comme le rituel maçonnique au moment où il s'agit de relever Hiram : « Ne vous souvenez-vous pas que l'union seule fait la force, et que, sans le secours des autres, nous ne pouvons rien ? » Prenant la direction des travaux, le Vieux se borne ensuite à distribuer les rôles afin que chacun remplisse le sien avec zèle et abnégation.

En maintenant son cercle clos, le Serpent agit sur la vitalité, qu'il retient comme fascinée, réduite à l'état statique. La lumière de la Lampe initiatique préservera d'ailleurs de décomposition à la fois le cadavre du Prince et celui du Serin. Ce qui est éclairé par la compréhension reste, en effet, uni synthétiquement.

Lorsque l'heure est venue, un cortège lumineux se forme et se transporte sur la rive opposée du Fleuve, grâce au Serpent qui fait office de pont. Abandonnant le domaine du rêve stérile et des aspirations irréalisables, il nous faut gagner la terre du passé, où subsistent, enfouies dans les profondeurs, les vestiges de puissances disparues. Plutôt que de poursuivre des chimères sans attaches avec ce qui a déjà vécu, attachons-nous à rénover des institutions ayant fait leurs preuves et susceptibles de revivre [1].

Si le Serpent symbolise la vie initiatique, telle qu'elle se maintient grâce aux associations d'Initiés qui se succèdent, il faut admettre que l'initiative d'une étude approfondie du passé, en vue d'y découvrir les éléments de la construction de l'avenir, sera prise par la Franc-Maçonnerie. N'est-ce point elle qui

(1) C'est là, semble-t-il, la morale essentielle qui se dégage du conte de Gœthe : l'avenir doit être cherché dans la rénovation judicieuse du passé.

remonte aux sources mêmes de la pensée humaine et s'efforce de moderniser les mystères de l'antiquité ? Tout le mouvement de régénération symboliste n'est-il pas ce pont éclairant que le vieux Passeur, du fond de sa cabane sacerdotale, contemple avec quelque stupeur ?

Ce rôle du pont convient si bien au Serpent, qu'il n'hésite pas à se sacrifier volontairement en tant qu'animal. Lilia le touche de la main gauche (négative) et lui soustrait toute sa vitalité, qu'elle transmet de la main droite (positive) à son fiancé. En attendant de rentrer en pleine possession de ses facultés mentales, le Prince revit ainsi physiologiquement, alors que le Serpent se décompose en pierres précieuses phosporescentes, qui, sur sa recommandation expresse, sont toutes, sans aucune exception, jetées dans le Fleuve.

Faut-il entendre par là que les corporations initiatiques renonceront à leur existence, lorsque les Initiés ne seront plus tenus au secret ? Le jour où les peuples prendront conscience d'eux-mêmes, à la façon du Prince, qui, sans comprendre encore, se lève et peut marcher, le vieux Serpent sera au bout de sa tâche;

ses éléments constitutifs, donc les initiés, ne seront plus tenus de rester associés. Ils pourront transitoirement se maintenir groupés, à l'instar des pierres décrivant dans l'herbe leur cercle lumineux; mais ils ne tarderont pas à être dispersés dans les ondes du grand courant de la vie générale. Mais au fond du Fleuve, les pierres lumineuses s'agloméreront en piles vivantes d'un pont permanent, qui se construira et s'entretiendra de lui-même, comme un être vivant.

Sortie des eaux, dont elle n'entravera pas l'écoulement, cette construction unira ce qui était séparé. Il incombera donc toujours aux Initiés de rapprocher les hommes, de faciliter les échanges, en remédiant aux divisions et en dissipant les malentendus.

Mais le Grand Œuvre n'est pas achevé du seul fait de la revivification physiologique du Prince, en faveur de laquelle le Serpent s'est sacrifié. Bien que debout, le peuple qui n'a pas encore pleine conscience de ses droits et de ses devoirs, ne saurait être effectivement souverain. Il faut qu'en la personne du Prince, il conquière le glaive, le sceptre et la couronne de chêne. Dans ce but, il est indispensable d'obtenir accès auprès des Rois du Sanctuaire intérieur de la montagne.

Pour se rendre auprès d'eux, le Vieux à la Lampe, qui naguère était resté en queue, ouvre la marche, que ferment modestement les Feux Follets. L'ordre inverse des deux processions successives se justifie, car, lorsque le Serpent (fluide ou instinct vital) donne le branle, il attire, immédiatement à sa suite, les Feux Follets (fantaisie raisonneuse), puis la Vieille (crédulité imaginative), transportant dans sa corbeille extensive les cadavres du Prince et du Serin. Lilia (idéalité, sentiment), avec le Carlin (rites consacrés, convenances), précèdent ensuite le Vieux (esprit, surconscience). Mais une initiative purement spirituelle, émanant de notre personnalité transcendante (Vieux), entraîne successivement la conscience encore mal éveillée (Prince), la sentimentalité (Lilia), la Vieille toujours inquiète (imagination, sens pratique) et, en dernier lieu seulement, les facultés raisonneuses (Feux Follets).

Ce sont ces facultés cependant qui vont forcer l'entrée du Sanctuaire, dont la porte, sans elles, resterait à jamais verrouillée. Les dissertations savantes, alors même qu'elles manquent de profondeur philosophique, ne nous permettent-elles pas de pénétrer des mystères qui nous étaient dérobés ?

La science superficielle et le bagout des Feux Follets répugnent à la sagesse solide du Roi d'Or, qui écarte de lui ces flammes trop légères. Le Roi d'Argent, qui règne sur les apparences, sur la forme indépendamment du fond, se complaît aux caresses des Feux Follets, mais ne pouvant les nourrir de sa substance, il les renvoie au Roi composite, dont ils s'assimileront insensiblement tout l'or, réparti dans sa substance en veines irrégulières. Ainsi se préparera un effondrement dont nul ne sera tenté de s'attrister.

Mais le Sanctuaire s'est mis en mouvement. Passant sous le Fleuve, il a surgi de terre sur l'emplacement de la pauvre cabane du vieux nautonier. Transfiguré autant que sa demeure, celui-ci devient, dans le nouvel ordre des choses, un ministre apprécié du Souverain. Avec le Vieux à la Lampe, il aidera le Prince à gouverner avec sagesse, en tenant compte de toutes les contingences, et en ne négligeant aucun des moyens qui s'offrent à l'intelligence pour influer sur les masses humaines (Art sacerdotal).

Pour régner, l'héritier du trône a dû recueillir la succession intellectuelle et morale de ses ancêtres. Le glaive, que lui lègue le Roi d'Airain, lui donne la décision énergique, qui pourrait dégénérer en tyrannie, sans le sceptre octroyé par le Roi d'Argent, ennemi de toute violence. Diriger avec douceur, en amenant à comprendre, vaut mieux, en effet, qu'un commandement brutal. Mais, pour exercer l'autorité suprême, le plus important est d'avoir conscience de ce qui est au-dessus de soi, d'où l'effet magique de la parole du Roi d'Or : « Erkenne das Höchste ! »

Couronné de chêne (vigueur intellectuelle), le Prince comprend, l'Esprit universel se répercute en lui ; il reconnaît sa fiancée, dont rien ne le sépare plus désormais.

LE MAGISTÈRE ACCOMPLI

20
LE IVGEMENT
ר

Un jour nouveau se lève. Les deux rives du Fleuve sont reliées par un large pont, aux colonnades spacieuses. Honneur est rendu au Serpent bienfaiteur, qui s'est sacrifié au bénéfice d'une rénovation générale dont il ne doit pas profiter. La Vieille, qui est allée se baigner dans le Fleuve, revient rajeunie, plus séduisante encore que les trois Grâces, suivantes de Lilia. Elle personnifie le sens pratique ramené à lui-même, par le fait que l'imagination a été lavée de toutes les vaines craintes, de l'encrassement de la routine, des préjugés et des superstitions. De par cette épuration, la bonne ménagère, qui coordonne les idées, est devenue l'Ame raisonnable, heureuse de renouveler son mariage avec l'Esprit pur.

En dépit de tous les progrès, l'inintelligence cependant subsistera. Géant stupide, elle produira des désordres, tant qu'elle ne sera pas immobilisée. Il faut que les retardataires de l'évolution intellectuelle soient rivés au sol devant l'entrée du grand Temple humanitaire. Profanes, ils serviront à marquer les étapes de la marche du soleil. Spécimens d'époques disparues, ils permettront de mesurer le terrain progressivement conquis par la lumière sur les ténèbres.

Sauf les infirmes de l'intelligence que l'aspect du Sanctuaire pétrifie, la foule pénètre librement dans le Temple, où elle est éblouie par la clarté projetée sur le groupe royal, grâce au miroir de Lilia, que l'Epervier a enlevé dans les airs, afin de renvoyer au moment propice la lumière solaire sur les personnages dignes de la vénération du peuple. La critique rationaliste semble ici s'être convertie au respect, sans doute après avoir reconnu nécessaire de faire crédit aux pouvoirs établis. Il n'est pas question d'ailleurs de récriminations contre le régime déchu, le passé bénéficiant de l'indulgence des hommes éclairés. Ce qu'il avait de bon a, du reste, été retenu par les Feux Follets, qui, invisibles, sèment leur or au milieu de la foule. Celle-ci se bouscule pour ramasser ce qui tombe ou donne l'illusion de tomber, car il se trouvera toujours des esprits pour préférer le passé au présent, au risque de prendre des mirages rétrospectifs pour la réalité. Mais la marche générale des choses entraîne finalement chacun ; aussi la circulation reste-t-elle intense sur le pont et l'affluence auprès du Sanctuaire ne subit-elle aucun ralentissement.

CONCLUSION

19 LE SOLEIL

LES symboles sont destinés à faire penser. A la paresse d'esprit conviennent les dogmes ou les systèmes nettement arrêtés. Gœthe a beaucoup médité, en philosophe profond, non moins qu'en artiste génial. Les problèmes qui le préoccupaient le plus lui ont inspiré génialement le conte dont l'interprétation n'est que rudimentairement esquissée dans ce qui précède. Il convient donc de limiter les commentaires, en faisant appel, pour les compléter, aux méditations individuelles des amis de la vraie sagesse.

Puisse le présent travail leur servir de guide et les aider à faire eux-mêmes la lumière dans le chaos d'images tout d'abord évoqué devant leur esprit. S'ils consentent à ne point ménager leur peine, un trésor sera leur récompense, car, en aucune circonstance, on ne saurait mieux qu'ici dire avec le fabuliste : *C'est le fond qui manque le moins.*

∴

Le Pont à construire selon le rêve de Gœthe a groupé en Allemagne des adeptes, qui se sont vivement intéressés à l'interprétation française du *Märchen*.

En ce pays, comme en d'autres, les associations initiatiques se sont dissoutes, ce qui équivaut à la mort du *Serpent Vert* et à sa décomposition en pierres lumineuses. Noyés dans le Fleuve de la vie commune, les matériaux dissociés disparaissent, mais l'énergie constructive qui leur est inhérente opère individuellement. Une affinité mystérieuse assemble au fond des eaux les éléments de piles vivantes, constructions madréporiques, destinées à soutenir le large Pont qui unira en un seul peuple la cohue disparate des humains.

TABLE

Dans la même collection

BIBLIOTHÈQUE DE L'INITIÉ

LE YOGA DE LA VIE QUOTIDIENNE,
Jean Herbert.

L'OUVERTURE DE L'ESPRIT,
Tarthang Tulkou.

L'ART INTÉRIEUR DU TRAVAIL,
Tarthang Tulkou.

LE ZEN DANS L'ART CHEVALERESQUE DU TIR A L'ARC, E. Herrigel.

L'ÂME INDIENNE, Charles Eastman.

LE LIVRE DU THÉ, Okakura Kukuzo.

PROPOS SUR ÉSOTÉRISME ET SYMBOLE,
R. A. Schwaller de Lubicz.

L'ORDRE ET LES OBÉDIENCES,
Marius Lepage.

LE SYMBOLISME OCCULTE DE LA FRANC-MAÇONNERIE, Oscald Wirth.

LE POULS CHINOIS.

Achevé d'imprimer en décembre 1992
sur système Variquik
par l'imprimerie SAGIM
à Livry-Gargan

Dépôt légal : janvier 1993
N° d'impression : 217